星見の皇子とかりそめの狐妻

「終生愛することを誓おう」

　宮の唇から出た言葉に、行親は震えた。

　命終わるまでの愛の誓い。

自分はそれを許される身だとは思えない。

人間ではない、半分は狐のあやかしなのだ。

行親は唇を震わせた。

「わ、私は狐のあやかしです」

「お前が狐であっても何であっても、終生の愛を誓おう」

星見の皇子とかりそめの狐妻

魚形 青

23080

角川ルビー文庫

目次

口絵・本文イラスト／六芦かえで

第一章

「お前はなぜ、俺を祓《はら》おうとする！」

立派な真木柱《まきばしら》のある大きな部屋の片隅《かたすみ》だった。得体の知れない黒い塊《かたまり》が、もぞりと動き甲高《かんだか》い奇怪《きかい》な声を発する。

「ここは帝《みかど》のお住まいなのだ。お前はほんとうは、いてはいけないところにいる」

まだ若い陰陽師《おんみようじ》、安倍行親《あべゆきちか》は静かに答えた。端麗《たんれい》とさえいえる整った色白の顔、澄《す》んだ瞳《ひとみ》は凜《りん》として、あやしのものを前に、揺《ゆ》るぎないたたずまいだった。

「そんなことは知らん！　俺がここにいて何が悪いのだ！」

「お前に罪はないのかもしれないが、ここにいることで帝が病になってしまわれるのだ。だから、ここではないどこかへ行ってほしい」

「いやだ！」

黒い塊は伸《の》び縮みしながら、わめいた。

「それでは私はお前を滅《ほろ》ぼさなければならない。それがいやなら、おとなしく内裏《だいり》から出て、ほかのところに棲《す》むのだ」

「お前も俺たちの仲間だろう⁉」

悲鳴のようなその声に、行親ははっと顔色を変えた。

「お前のその気配。俺には分かるぞ。人の姿をしているが、ほんとうの人とは思えない。お前も俺たちの同胞《はらから》ではないのか？」

「だからこそ、お前を生かしてやりたい、どこかへ逃《のが》れさせてやりたいのだ」

行親の言葉に黒い塊は沈黙《ちんもく》した。

「ここではなくても、落ち着く場所はあるはずだ」

「どこへいけばいい？　どうやって？」

奇怪な声は哀《あわ》れっぽい響《ひび》きを帯びた。

「俺はいずこからか息も絶え絶えになって、ようやくここに来たのだ。ここに潜《ひそ》んでいると落ち着き、体を取り戻《もど》せそうだ。お願いだ。そっとしておいてくれ」

行親は相手の姿をじっと見据《みす》える。黒い塊の奥には何か獣《けもの》の姿のようなものが見える。もとは獣の精だったものが、この平安の都に流れ着いて邪気《じゃき》を帯び、内裏に入り込んできたのだろう。

これが帝の住まう清涼殿《せいりょうでん》にいるため、帝は夜な夜な熱に苦しまれている。そのままにしておくわけにはいかない。

「山の奥に行けば、ひっそりと暮らせるところがいくらでもある」

「しかし、俺はどうやって……」

「大丈夫だ。　連れていってやる」

行親は懐から紙のひとがたを出した。ふっと息を吹きかけると、それは巫のような装束の人の姿になった。陰陽師が自分の分身のように使役する式神というものだ。

式神は黒い塊に手を差し伸べ、塊はその手のひらに乗った。顔もない塊だが、安堵したような気配が伝わる。

「鞍馬の奥にでも連れていってくれ」

行親の言葉に式神は首肯し、即座にその姿を消した。行親は黒い塊の姿のあやかしが消えた部屋を見回す。ここは清涼殿の帝の寝所だった。帝がその体を横たえる御帳台の前に、行親は立った。

白い素足が舞の所作のように、優雅にかつ力強く床を踏む。凜と瞳を据え、静謐な動きで辺りを清めた。

反閇と呼ばれる陰陽道の足捌きだった。北斗七星の形を踏み、弼星と輔星の二つの星を踏み、この九回の足の運びが「九星反閇」と呼ばれる。一歩一歩が地霊や邪気を祓い鎮め、気を清浄にする。

行親は反閇を終え、澄んだ眼差しを建物に向けた。あやしい邪気の塊は都の外まで連れ出し、帝の住まう清涼殿の隅々までを祓い清めた。初め見たときは暗い澱んだ色に霞んでいた室内が、すっかりすがすがしくなっている。

取りわけ帝の寝所には邪気が溜《た》まっていたのだが、それもすっかり清らかになっている。

――なんとか祓い終えたようだ。

行親にとって初めての宮中へのお召《め》しだったが、無事に終わったようだ。それよりも、このような邪気が祓えない陰陽師がいるのだろうかと、行親は驚《おどろ》いた。

――父上が無理に私を指名されたときは、なぜなのか分からなかったが……賀茂《かも》家はそれほど人材が払底《ふってい》しているのだろうか？

代々陰陽師を輩出《はいしゅつ》している賀茂家の陰陽師が帝のそば近くについていたが、帝の病がなかなか快癒《かいゆ》しないという噂《うわさ》だった。陰陽師のもうひとつの名家である安倍家の方へ話がきたとき、父である安倍吉行《よしゆき》は、いきなり行親に自分の名代《みょうだい》として禊祓《みそぎはらえ》を命じた。

それは宮中に自分を、ひいては安倍家を売り出す父の作戦なのだろう。なんとか父の名代を果たすことができたようで、行親はため息をついた。本日、無事に清涼殿を祓い終わったことを耳にしても、おそらく父はにこりともしないだろうが。

――父上は私が上手《うま》くやっても喜ばれぬ。失敗は許さないだろうが。

幼い頃《ころ》から、自分に対してはどこか距離《きょり》を保ったままの父だった。その理由は分かっている。

〈お前も俺たちの仲間だろう⁉〉さっきの黒い塊の言葉が蘇《よみがえ》り、行親は知らず知らず唇《くちびる》を嚙《か》んだ。

禊祓をするため宮中に入ったときは子《ね》の刻（午前零時《れいじ》）だった。まだ夜明け前らしく辺りは静まりかえり、闇《やみ》が深々と濃《こ》い。

反問を終えたことを帝の近習《きんじゅ》に告げ、行親は清涼殿を出て歩き出した。

内裏の建物を幾《いく》つか通り過ぎ、行親ははっと足を止めた。何か眩《まぶ》しいものを見たときのように、目をすがめる。

寝殿造《しんでんづく》りの建物の高欄《こうらん》にもたれ、空を見上げている誰《だれ》かの姿があった。烏帽子《えぼし》に直衣《のうし》らしき姿は、すらりと美しい影《かげ》になっていた。

——こんな時間に誰だろう？

驚いたのはそのことではない。

——なんという力強い気。

その男から発せられる気が、ただものとは思えないほど強い。そのまま空の星に向かって届いていきそうだ。

行親にはあやかしや邪気だけでなく、人の気も見える。人の気は猛々《たけだけ》しかったり、穏《おだ》やかだったり、その生命力や人となりが反映される。この男の気はまっすぐ力強く、あたかも自分自身が星のように揺るぎない光を放っている。

まるで空の中心に座して動かない北辰《ほくしん》（北極星）のようだと、行親は思った。今日は朔《さく》の夜で月はなく、星が明るく輝《かがや》いていた。男は一心に星を見上げているように見える。

——天文博士なのか？

星の運行を調べる天文博士なら陰陽寮《おんようりょう》にいるが、ここは帝の住まいもある内裏の奥だった。自分たち陰陽寮に所属する下位の役人が、星を観測する場所ではない。

空を仰《あお》ぐ男の向こう側には、行親のよく知る形の星座がくっきりと見えた。北斗七星だ。陰陽のわざの中でも北斗七星は重要な役割を持つので、行親は親しみを持っていた。その星座が男の頭のそばで、後光のように輝いている。

――この人が、北斗七星を従えているように見える。

行親が思わず男の方へ近寄ろうとしたとき、後ろから声がかかった。

「安倍行親様、主上《おかみ》がお呼びでございます」

帝のそばに仕える女房《にょうぼう》だった。

「主上は安倍様の禊祓が終わったときに、すぐさま心地《ここち》が晴れ晴れとし安らかになり、お顔の色も戻られました。母后《ぼこう》様もたいそう喜ばれて、すぐ行親様にお礼を申しあげたいとのことでございます」

あのあやかしが内裏を去ったとき、帝を悩《なや》ませていた陰《かげ》りがすべて消えたのだ。帝のお召しには従わなくてはならない。行親は後ろ髪《がみ》を引かれながら女房の後に続く。

最後にちらりと振《ふ》り返ったときには、男の後ろ姿の向こうに、星々が静かにきらめいていた。

翌朝、清涼殿の広間に参集した人々は静まりかえっており、御簾《みす》の向こうから帝の声が聞こえる。

「安倍行親。私の病が癒《い》えたのは、そなたの禊祓のおかげだ」

居並ぶ貴族たちの前、安倍行親は帝《みかど》にお褒《ほ》めの言葉を戴《いただ》き、深々と頭を下げた。人々の羨望《せんぼう》の眼差しが背に突《つ》き刺《さ》さる。

「まだ咲《さ》き初《そ》めし桜のような初々《ういうい》しさであるのに、このように優《すぐ》れたわざを持つとは、さすがは安倍家の者である」

帝の過剰《かじょう》な褒め言葉に、行親は耳をふさぎたいくらいだった。帝から、咲いたばかりの桜にたとえられた顔立ちは、清らかで凛《りん》としているが緊張《きんちょう》で硬《かた》い。

行親は二十《はた》歳《ち》、陰陽博士について学ぶ陰陽生から陰陽師になったばかりであり、ほんらいなら殿上《てんじょう》に上がる身分ではない。昨夜《ゆうべ》の異例の禊祓は、父である陰陽助《おんようのすけ》の安倍吉行に命じられ行った。

格下である陰陽助の安倍家からの横槍《よこやり》に、陰陽頭《おんようのかみ》の賀茂道経《みちつね》は不快な色を隠《かく》そうとしなかった。あからさまに失敗すればよいという目で、行親を見ていた。

しかし、行親にとって、禊祓は難しいことではない。自分にとっては、ごく当たり前のことをするだけなのだ。部屋の隅《すみ》の埃《ほこり》を払《はら》うようにあやかしを去らせ、帝の居所を清め、その体に熱病を起こさせている、澱んだ邪気《じゃき》を祓《はら》った。

行親にはさまざまな「気」が見える。人の「気」だけでなく、あやしい「気」も。それは陰陽を家業にする家に育ち、陰陽について幼い頃から学んできたからだけではない。

それは行親の生まれついての性質だった。見たくなくても見えてしまう。それを自分ではどうすることもできない。

成長すると、これは陰陽の道を目指す者たちが、喉《のど》から手が出るほど欲しい力だということが分かった。それは神の賜物《たまもの》であったかもしれない。しかし行親自身は、こんな力が身につくことを望んでいなかった。

帝から褒美《ほうび》の御衣《おんぞ》を賜《たまわ》り、行親は御前《ごぜん》を退出した。立ち去ろうとする行親の、床に引いている衣《ころも》の裾《すそ》を誰かが踏みつける。キッと振り返って鋭《するど》い目で辺りを睨《にら》み回したが、誰が踏んだのか分からない。

「狐《きつね》の尾《お》が出ておるぞ」

行親はぎょっとして青ざめた。

「なるほど、ご先祖には狐がおられると聞くし」

扇《おうぎ》の陰から、見知らぬ高位の貴族らしき顔がちらりと覗《のぞ》く。

相手が言うのは根も葉もない噂なのだと自分に言い聞かせるが、心臓がどきどきとなって落ち着かない。

「我が先祖には、そのような話もあるようです」

行親は懸命《けんめい》に動揺《どうよう》を押し隠し、形のよい唇になんとか微笑《びしょう》を浮《う》かべて見せる。それは安倍家を興した高名な先祖の伝説だ。ほかの人間たちも聞いている中、何気ない会話で終わらせたかった。

「せいぜい主上の前で、化けの皮が剥《は》がれぬようにな」

扇で顔を隠しながら嫌《いや》みな言葉を投げつけ、その貴族は去って行った。行親は唇を噛んだ。目立たぬようにしたいのに、あのような晴れがましい場に引き出され、欲しくもない羨望や侮《ぶ》蔑《べつ》の眼差《まなざ》しを投げつけられる。

行親が待たせてある牛車《ぎっしゃ》に乗ろうとすると、見知らぬ童子が寄ってきて、蕾《つぼみ》の綻《ほころ》んだ桜の枝を差し出した。文《ふみ》が結ばれている。

「咲き初めの桜の君にお渡《わた》しするよう、申しつかりました」

恋文《こいぶみ》らしい、美しい紙に書かれた文の枝を受け取って呆然《ぼうぜん》としていると、童子は軽い身のこなしで去って行った。いかにも恋のやりとりの使いに慣れているようだった。

牛車の中には父である安倍吉行が座り、いかめしい顔でじろりと花の枝を見た。壮年《そうねん》の貫禄《かんろく》があり、陰陽助の威厳《いげん》に満ちた吉行は、父であるといっても、行親には親しみやすい相手ではなかった。

「なんだ、その文は。どこぞの女房からか」

「いえ、男の手蹟《て》のようです」

結び文を開いた行親は正直に言った。字や文章の感じから見て、書いた人間は男だ。

「せっかく帝からお褒めをいただいたのだ。本日、御前で引き立てられ、目立ったお前に言い寄ってくる者が多いだろうが、内裏《だいり》の中で稚児《ちご》扱《あつか》いされぬようにな。妙《みょう》な噂《うわさ》が立ったりすると安倍家の恥《はじ》になる」

父は吐《は》き捨てるように言った。

「安倍の恥になるようなことは、いたしません」

「そうだ。お前は陰陽の道で、安倍の名を上げることのみ心がけよ。このたび帝のための禊《みそぎ》祓《はらえ》であれほどのお褒めをいただいたのだから、そのうちに摂関家など高位の貴族からも、お前の禊祓を求める依頼《いらい》が来るだろう」

「……私は暦道《れきどう》や天文の勉学も、もっとしたいのですが」

宮中の陰陽寮は陰陽の部門のほか、暦《こよみ》の作成を行う部門、天体観測や気象観測を行う天文部門、時刻の計測を行う漏刻《ろうこく》の部門がある。

行親は陰陽道を学んでいたが、暦の作成や天体の観測など、学んでみたいことはまだまだ沢《たく》山《さん》ある。

「暦など陰陽寮のほかの者に任せておけ。お前は求められることだけをやっておけばよい」

父は陰陽寮のうち、陰陽の部門以外は眼中にない様子だった。

「とにかく内裏で正体がばれぬように、気をつけるのだ」

その酷薄《こくはく》な言い方に、ぞくりと行親は身を震《ふる》わせた。その後、父は邸《やしき》に着くまで口を利《き》かなかった。

無言で座っている父が放つ気は灰色に見え、ただただ冷たい。人の情けを持っているのかと思うほどの冷たさで、行親は自分から話しかけることをためらった。

車の中で手持ち無沙汰《ぶさた》な行親は、持っていた桜の枝の文に目を落とした。帝の御前での行親の様子を見ていたらしい、男からの恋文だ。

咲いたばかりの桜のような初々しいあなたを愛《め》でるのは誰《だれ》だろうという、いい気な歌が達者な筆で書かれている。帝に声をかけられてからのわずかな時間に、こんな恋文をしたためるところに、行親は宮中とは油断も隙《すき》もないところだと警戒《けいかい》を覚える。

――まさか男の私が、男に返歌でもあるまい。

返事は出さないことにし、結び文は袖《そで》にしまい、桜の枝を眺《なが》めた。咲き初めの桜、まだまだ固い蕾の方が多い枝だ。

邸に戻《もど》ると、父は寝殿《しんでん》と呼ばれる中央の館《やかた》に入り、行親は渡殿《わたどの》という長い廊下《ろうか》でつながった、東の対と呼ばれる建物に向かった。行親は寝殿へ行くことはなかった。寝殿には父の本妻や子が、賑《にぎ》やかに暮らしている。行親を生んだ母はすでにこの世にいなかった。

行親は東の対の庭に出た。ここでも桜が咲き始めている。うっすらと淡《あわ》く美しい桜の色に、長いまつ毛にふちどられた黒曜石のような目を細めた。

辺りに人がいないことを見すまし、桜の木の周りから東の対までに結界を張った。そしてふっと息をつき小さく呪《しゅ》を唱え、白い指先で何かをほどくようなしぐさをした。

そのとたん、冠《かん》がはらりと落ち、地面に届く前に形を消した。頭の後ろで固く束ねられた黒《くろ》髪《かみ》の髻《もとどり》が生きもののようにほどけ、見る見るうちに鮮《あざ》やかな白銀の色になった。同じ銀の色の耳が、髪から突き出している。衣の下から覗くのはふっさりした狐の尻尾《しっぽ》だ。

これが行親のほんらいの姿だった。

父、安倍吉行と狐のあやかしである母から生まれた行親は、人間の体に加えて、白銀に輝《かがや》く白狐《びゃっこ》の属性を持つ。

母ゆずりのあやかしの力も持ち、この世に重なるあやかしの世界が見える。

陰陽師《おんみょうじ》である父は、あやかしの持つ力を安倍の家に取り入れるために、狐のあやかしの女を娶《めと》り、行親を産ませたのだという。それを考えると、行親は哀《かな》しみを覚える。自分の母はそのためだけに、自分を産んで亡《な》くなってしまったのだろうかと。

「ゆきちかさま、お帰りなさい」

白い鞠《まり》のようなものが東の対から転げてきた。行親の足元まで駆《か》けてきたのは、まだ小さな白狐だった。行親は子狐に向かって屈《かが》み込んだ。

「笹丸《ささまる》はおとなしくしてたかい？」

広い袖をふわりと広げて手にすくい取る。ふわふわの白い子狐の感触《かんしょく》に、思わず頰《ほお》が緩《ゆる》む。

子狐の笹丸は、嬉《うれ》しそうに行親の胸に顔をこすりつけた。

「これ、若君の衣を汚《よご》すでない」

東の対の方から声がし、年配ではあるがしゃんとした身のこなしの女房《にょうぼう》がやってきた。狐の姿が人の目には見えないように結界を張っている桜の木を見つめ、まっすぐ行親のところへやってくる。

「和泉《いずみ》、ただいま」

行親に仕える女房、和泉は生まれたばかりで母を失った行親の守《も》り役だった。都から南へ下った和泉の国には狐のあやかしたちの棲《す》む森があり、父と母が出会ったのもそこだという。和泉はその狐のあやかしの一族出身で、母のことを知る唯一《ゆいいつ》のものだった。しかし行親の前ですら、狐の姿を現すことはめったにない。この安倍の家の中で行親に仕えるのは、この和泉だけだった。

微笑む行親の腕《うで》から、和泉がむしり取るように笹丸をつかんだ。

「若君から離《はな》れなさい」

「あっ、やだっ、ゆきちかさま！」

和泉の手の中で、つかまれた笹丸がじたばたする。

「お疲《つか》れの若君を煩《わずら》わすでない」

「和泉、今から笹丸と花を愛でるのだから、返しておくれ」

行親が手を差し伸《の》べると、不承不承といった様子で、和泉は白いふわふわの塊《かたまり》である笹丸を手のひらに乗せた。笹丸はじゃれるように行親の手のひらに顔をこすりつけた。

「犬の子と同じ扱いだね」

「人の形になれるまでは、それでよろしいのです」

和泉は厳しい声で言った。狐《きつね》のあやかしの血を引くものは狐の形で生まれ、成長するうちに人の形を取れるのだという。その頃《ころ》のことを行親は覚えていないが、和泉によれば同じように大きくなったらしい。

和泉は心根は冷たくないが、厳格だった。行親が笹丸を身近に寄せすぎると言って、しきりに注意してくる。

笹丸は一年ほど前の春近い冬の夜、東の対に白い嵐《あらし》のようにやってきた。

行親が夜に明かりを灯《とも》して書を読んでいると、格子《こうし》に何かが大きな音を立ててぶつかった。

行親が外を見ると、自分と同じ白狐の姿の女が、小さな子狐を胸に抱《だ》いて倒《たお》れていた。急いで和泉を呼び、部屋に入れて介抱《かいほう》したが、女は夜のうちに息を引き取ってしまった。

「これは……おそらく人と狐のあやかしの間に生まれた子でございますよ」

子狐を抱き上げた和泉の言葉に、行親ははっとした。

――私と同じ生まれなのか。

以来、行親は笹丸と名付けた子狐を可愛《かわい》がっている。目も開いてなかった子狐は、いつの間にか人語を解し自分も話すようになり、その様子は愛らしかった。

和泉は「夕餉《ゆうげ》の支度《したく》をしてまいります」と言って去り、行親は笹丸を抱いたまま、桜の木の下に立った。

まだ三分咲《ぶざ》き、ほとんどの蕾《つぼみ》は固いが、開いた花のほんのりした桜色は美しい。笹丸がつぶらな目を輝かせている。

「わあ、きれい」

「今にもっと綺麗《きれい》になる。満開になったら、木全体が明かりが灯ったように桜色だ」

笹丸に言いながら、行親もうっとりと桜花《おうか》を眺めた。人が少なくさびしい東の対が、この時季だけは華《はな》やいで見える。

夕餉を済ませ、書を読もうとして明かりを引き寄せたとき、行親の袖から結んだ文《ふみ》がぽとりと落ちた。

昼間のことが行親の脳裏《のうり》に一気に蘇《よみがえ》る。殿上《てんじょう》へ上がる身分ではない自分への、帝《みかど》の過分な褒《ほ》め言葉。突《つ》き刺《さ》さる高位の貴族たちの視線。

狐の尾《お》が出ていると嫌《いや》がらせを言われたとき、行親の心臓は止まりそうなほど鳴ったのだ。

――根拠《こんきょ》のない噂のはずなのに……なぜ真実を突いているのだろう。驚《おどろ》いた。ほんとうにびっくりして、怖《こわ》くて。お前は狐だと、正体を明かされたのだと思った。

その動揺《どうよう》が収まらないうちに、桜の枝に付けた文をもらった。帝の御前《ごぜん》にいた自分を見て書いたというのは、恋《こい》というより自分をからかっているのではと思う。

これ以上、内裏《だいり》で注目されたくはない。見られることが恐《おそ》ろしい。いつか狐の正体を暴《あば》かれるのではと、ずっと怯《おび》えながら宮中に出仕しなくてはならないのだろうか。

行親の髪が燭台《しょくだい》の光を受けて銀に光っていた。白い横顔は血の気がないままだった。行親は文を火にかざした。ぽっと文に火が移り、炎《ほのお》が上がる。そのまま焼き捨てた。文を送った人を詮索《せんさく》する気もない。

狐の尻尾を出さないように生きる。それしか道はないのだから。

部屋の片隅《かたすみ》で丸くなっている笹丸が、くしゅんとくしゃみをした。行親はそちらを見た。

「夜が更《ふ》けたら冷えてきた。こっちにおいで」

「でも……」

笹丸はもじもじとしている。昨夜《ゆうべ》、行親の衣《ころも》にくるまっているところを和泉に見つかって、きつく叱《しか》られたからだ。

「明日の朝まで和泉は来ない。そんなところで寝《ね》ていると風邪《かぜ》を引いてしまう」

おずおずとやってきた笹丸を、着ている衣の中に入れ、自分の長い尻尾でくるんでやった。

笹丸が「あったかい」と呟《つぶや》いた。

「私もお前がいるとあったかだよ」

「ゆきちかさまのしっぽがぬくぬくです」

「はやくおやすみ」

「まるで、かあさまみたいにあったかい」

母を覚えているのか、子狐がそんなことを言う。眠《ねむ》たげな可愛らしい声が聞こえなくなると、行親はため息をついた。

子狐を身のうちに抱いていると、自分も顔を知らない母のことを考えてしまう。そして、狐の尾と耳のついた自分を見るときの、父吉行の氷のような眼差《まなざ》しを。

父は狐の耳と尾を見られてはならないと、きつい言葉で叱った。幼い行親に人間の姿を取るように固く言いつけた。それを破ると、厳しく折檻《せっかん》された。飲まず食わずで、真っ暗な塗籠《ぬりごめ》という物置部屋に閉じ込められるのだ。

和泉の懸命《けんめい》の取りなしでやっと出してもらい、そのたびに泣きながら人間の姿を取る術の練習をした。

今では人間の姿を保つことも、息をするようにたやすくできるようになった。昼間は衣冠《いかん》姿でいてもそれほど苦しくはなく、父に命じられるがまま、陰陽寮《おんようりょう》で学ぶ学生となった。一心不乱に学んだし、また生まれも関《かか》わっているのだろう。行親は学生の中でも得業生《とくごうしょう》という、特別な立場に選ばれた。陰陽師《おんみょうじ》になるのも、誰《だれ》よりも早かった。

父はおそらく陰陽師として狐のあやかしという存在に興味を持ち、そのあやかしの一族の女との間に子を成した。狐のあやかしの血を持つ子が、安倍家の先祖のように陰陽師としての能力に長《た》けることを期待したのだろう。

ふたりがどんな関係だったのか、心通じる仲であったのか、一緒《いっしょ》にいるところを見たことがない行親には想像もつかない。

父は母のことを愛していたのだろうか。自分を産むと同時に亡《な》くなったという母は、幸せだったのだろうか。

行親の体に流れる母の血は、人の世界に重なる、見えないはずの異界を見せてくれる。この異界の方が、ほんらい行親がいるべき世界なのかもしれない。

祓《はら》うべきものの姿が見えるので、陰陽のわざに迷うことはない。これが自分の進む道であるならと思うが、どこか行親の心は晴れなかった。特にこうして狐の姿に戻《もど》っているときは、思い悩《なや》むことが増えた。

そして今回、帝の御前に出たことにより、もう道は引き返せないのだと知った。

この血のなすがままに、陰陽の道を進むしかないのか。

行親の思いは冷え冷えとしていたが、尻尾《しっぽ》にくるまって眠る笹丸の体から、温《ぬく》もりが伝わっていた。

そっと御帳台《みちょうだい》に笹丸を運び、自分も隣《となり》に横たわって、寝るときに体にかける衾《ふすま》をかぶった。

明日以降、帝からいろいろとお声がかりがあるかもしれない。それが心配だった。

——人の注目を浴びたくない。陰陽寮の片隅にいて、天文生と一緒に月や星の運行を見ていたいのに。

人前で何か注目を浴びるより、天文の観測をしたい、星が見たい、そう思ったとき、星を見ていた男の姿がふいに脳裏に蘇った。行親のいらいらと堂々巡《どうどうめぐ》りしていた思考が、ふっと穏《おだ》やかになる。

あの男性は凜《りん》としてまっすぐ顔を上げ、ただ空を仰《あお》いでいた。星を見つめるその目は、きっと静かに澄《す》んでいるだろう。行親は男のことを思うと、不思議と心なごんだ。

行親の懸念《けねん》は当たった。

この若僧《わかぞう》が——と言わんばかりの衆目の中で、行親は清涼殿《せいりょうでん》にしばしば召《め》し出された。まだ年若い帝は、行親をことのほかお気に召したようだった。

夢見が悪いとき、奇妙《きみょう》な鳥が鳴いたとき、さまざまな用事で行親は御前に呼び出される。帝は亡くなられた先帝《せんてい》から帝位を引き継《つ》いで、まだ三年にならない。和歌や音楽にたしなみの深い、優美な方だ。

行親の目には、帝には少し覇気《はき》が欠けて見える。気迫《きはく》、王気と言ってもよい。大臣や参議たちの意見を統括《とうかつ》し、国を統《す》べるには大きく強い気が必要だ。そうでなければ己《おのれ》が負けてしまうのでは、と行親は思う。

帝は政治よりも優雅《ゆうが》な遊びの方に心を傾《かたむ》けている。しかもそれらの遊びにも行親を召し出すので、一介《いっかい》の陰陽師として行親は当惑《とうわく》する。しかし帝の言葉に逆らうこともできない。

「行親、賀茂の御社《みやしろ》へ詣《もう》でたいので、そなたも一緒に来てほしいのだ」

「仰《おお》せのままにいたしましょう」

「きっと花盛りになっているから、一緒に花を愛《め》でよう。そなたは桜の若木のようだから、桜花の下に立つとさぞ美しいだろう」

帝の賛辞が容姿にまで及《およ》ぶと、行親はうつむいた。このような帝の遠慮《えんりょ》のないお言葉のせいで、「帝のご寵愛《ちょうあい》を受けているのでは」という噂《うわさ》があっという間に宮中に広がっているのだ。

案の定、下がろうとするとき、「帝も変わった花を愛でられるものだ」とくすりと笑う声がした。振《ふ》り向くと、左大臣の息子《むすこ》である源中将《げんちゅうじょう》だった。初めて帝の御前に出て以来、何かにつけ行親にちくりと嫌な言葉をぶつけてくる。

「賀茂の御社参りにお供するだけでございます」

「女御《にょうご》や更衣《こうい》も連れずに、狐《きつね》の局《つぼね》を連れてな」

源中将は何かと自分を狐呼ばわりする。嫌がらせの言葉が知らず知らず含《ふく》む真実に、行親はいっそういら立ちを覚えた。

この中将の姉が帝の女御で梨壺《なしつぼ》に住まうが、あまり帝のお渡《わた》りがないらしいという噂を聞いたことがある。

帝と娘《むすめ》の間に皇子《みこ》が生まれないと、家の繁栄《はんえい》に差し障《さわ》る。皇子が生まれ、やがて次の帝になるときに、その家が権力を掌握《しょうあく》できるのだ。

左大臣や源中将が、帝《みかど》の動向にやきもきするのは仕方ない。しかしそんなことは、大貴族ではない行親には関係ない。

源中将になんと言葉を返そうか迷うところへ、着飾《きかざ》った女房《にょうぼう》が近寄ってきた。

「安倍行親様、主上《おかみ》がお召しでございます」

「なにかご用でしょうか？」

「さて、二《に》の宮様《みや》がお越《こ》しになるということで、急に帝がお申し付けになりました」

さきほど御前《ごぜん》から下がってきたばかりなのに、と驚《おどろ》きに目を見張る行親を女房は「さ、清涼殿まで参られませ」と促《うなが》す。清涼殿は帝の生活の場所であり、行親のような身分の者の入るところではない。

「二の宮様が？」

二の宮というのは、帝のすぐ下の弟宮のはずだ。帝とは腹違《はらちが》いの生まれであり、帝の後継者《こうけいしゃ》となる東宮《とうぐう》にはなっていない。その方が自分に何か用があるのだろうか？

源中将は鼻で笑うような声を上げた。

「星見《ほしみ》の宮《みや》か。私はあの方が苦手だ。早く行かれるとよい。気短な御方《おかた》だぞ」

「星見の宮？」

「お前たち陰陽師の方がよく知っているのではないのか？　いつも空を仰いで星を探しておられるし、てっきり陰陽寮へ行き、一緒に星見をしているのではと思っていたが」

源中将を置いて、女房に従い、内裏《だいり》の奥深くへと歩んでいく。行親は次第《しだい》に緊張《きんちょう》してきた。

帝と弟宮は自分に何の話があるのだろう。

「あの、星見の宮様は私に何かお話があるのでしょうか？」

丈《たけ》長い髪《かみ》を引きながら歩む女房は、行親を見て少しあざけるような笑《え》みを浮《う》かべた。

「それは良い意味に使われておりません。二の宮様と申し上げた方がよいでしょう」

「二の宮様は星を見ることがお好きなのでしょうか」

女房は優雅にうなずいた。

星見……行親の胸は高鳴っていた。夜に星を見上げていた、あの不思議なたたずまいの男。

彼こそが星見の宮であるような気がする。

「安倍行親、参りましてございます」

御簾《みす》の前に座り、高貴な内なる場所に身を硬《かた》くしていると、帝の声に御簾の中へ入るよう求められた。

「私のような者が主上のもとへ……」

「そなたと親しく話がしたいのだ」

ためらっていると、いきなりくっきりした大きな声が横から飛んできた。

「さっさと入るといい。後がつかえているぞ」

声のした方向を見ると、すらりとした直衣《のうし》姿の男が立っている。背が高く、目を見張るほど整った顔立ちに、眼光が炯々《けいけい》と力強い。

——この気は！

現れた一瞬《いっしゅん》、彼は圧倒《あっとう》するほどの眩《まぶ》しさで行親の目を射た。男の顔貌《がんぼう》より姿より、この気の美しさに驚かされる。そしてこの鮮《あざ》やかな気の色に覚えがあった。やはりこの人こそ、禊祓《みそぎはらえ》の夜に見かけた、星を仰ぐ男だ。

思わず目をこすると、「俺が珍《めずら》しい顔をしているのか？」と訊《き》いてきた。行親は深く息を吸って、胸を落ち着かせた。これが帝の弟の二の宮、星見の宮と呼ばれている方だ。

宮は高貴な身分らしからぬ、性急で率直《そっちょく》な物言いだった。

「お前が、兄上がひいきにする陰陽師《おんみょうじ》か。陰陽師は式神というものを使うと聞くが、ほんとうか？　紙のひとがたが人間のように自由に動くのだろう？　一度この目で見てみたいものだ」

式神を使うことはできる。しかしこのような言い方をする人間の前で、ひけらかすのは危険に思えた。

——今、確かに、兄上と言われた。似ていないけれど、やはりこの方が星見の宮……。

優美な帝には全く似ていない、眉《まゆ》の秀《ひい》でた厳しいほど男らしい顔は、まるで近衛《このえ》府の武官のようだ。

星見の宮というのは、良い意味で使われていないと女房は言っていたが、行親はひそかにそう呼びたかった。彼にとってはふさわしい名のような気がした。

「私は式神は使っておりません」

行親は嘘《うそ》をついた。宮中に上がって以来、さまざまな人間に訊かれては嘘をついている。一度そのわざを見せたら、いろんな人間に求められるに決まっているからだ。

「ふん、では、あやかしを見たことはないのか？」

宮の物言いに行親はかすかないら立ちを覚える。あやかしをからかわれたような気がした。

「あやかしなら見たことがございます」

今度はほんとうのことを言う。自分自身が、その血すじを引く者なのだから。

男の目が好奇《こうき》に輝《かがや》いたが、「ふたりとも早く入ってまいれ」というじれったそうな帝の言葉に、会話を中断し、御簾のうちへ入った。

「私の弟、二の宮だ。そなたの陰陽のわざの話をすると、ぜひ会ってみたいと言うのだ」

「兄上ご自慢《じまん》の陰陽師が、まさかこんな冠《かん》を被《かぶ》ったばかりのような若僧《わかぞう》とは思わなかった」

悪気があるのかないのか、二の宮の物言いは遠慮がない。優《やさ》しい顔立ちの帝のそばで、無造作に着崩《きくず》した二藍《ふたあい》の直衣姿の宮は、男らしく姿が良い。行親は内心いら立ちながらも、その美しさに見とれた。

「お前の占《うらな》いは、そんなに効果があるものなのか？」

「行親のわざは確かじゃ」

「たかが陰陽師の占いやまじないだけで？　典薬寮《てんやくりょう》や大炊寮《おおいりょう》の者たちも、お加減の悪い帝のた

めに心を砕《くだ》いておったのですが」

二の宮は兄であるとは言え、この国を統《す》べる帝に遠慮がなかった。行親は驚くことばかりだった。

それにしてもこの宮が、行親に何の用があるのだろう。陰陽師への棘《とげ》のある言い方に自分への敵意を感じ、行親は身構えた。美しく強い気をまとう男だからこそ、油断がならない。

「そなたは行親のわざに文句を言いたいのか？　それは許さぬぞ。行親が禊祓を行ったとたん、ずっと心地《ここち》悪《あ》しく過ごしていたのが、さっぱりと良くなったのだ」

「わざのことではございません」と宮は帝に言い、行親に向き直った。

「お前たち陰陽寮が造る暦《こよみ》に、俺は文句がある」

「いったい、どのようなことでございましょう」

星を仰《あお》ぐ男に会えた喜びは、いつの間にかすっかり消えていた。行親は敵に対峙《たいじ》するように拳《こぶし》を握《にぎ》りしめた。凜々《りり》しい眉の下で目を光らせた宮は、傲慢《ごうまん》な口調で言った。

「陰陽寮で造る暦が、実際の空の星の動きからずれてきておるだろう？　そんなずれた暦を使って行う占いなど、政《まつりごと》の役になど立つものか」

帝の弟宮であっても、つい行親は睨《にら》み付けてしまった。

「恐《おそ》れながら、この国の暦は陰陽寮の暦博士《れきはかせ》たちが造るものでございます。それとも、ほかに暦があるのでしょうか？」

「俺が紹介《しょうかい》してやろう。唐《とう》からの最新の知識を持つ宿曜師《すくようし》が、俺のところに来ている」

行親は驚きに目を見張った。宿曜の道を司《つかさど》る宿曜師という一派が、占星術《せんせい》や暦を扱《あつか》っていると聞いたことがある。行親は彼らのわざについて知りたいと思っていた。

星見の宮はそれらを身近に知っているらしい。帝の弟宮、皇子《みこ》という高貴な身分にもかかわらず、まるで陰陽寮の天文博士のようだ。源中将の言ったことがようやく腑《ふ》に落ちた。

「お前たちの造暦の知識も天体の観測も、すでに時代遅《じだいおく》れとなっておるのではないか？　知識を新しくしないと恥《はじ》をかくぞ」

「そ、それは……」

行親は知識が不十分で、これから学びたいと思っていた部分については、答えが返せない。

「内裏で行う大事な祭りの日が、蝕《しょく》にでも当たったらどうする？」

この時代、日蝕や月蝕は不吉《ふきつ》とされていた。それらを予知し、国の重要行事に当たらないようにするのが、陰陽寮の天文博士や暦博士の重要な任務だった。

「それにお前たち陰陽寮の暦はなかなか出来上がってこない。造るのが遅《おそ》すぎるのではないかと思う」

「これ、何を言う」と帝が口を挟《はさ》んだが、二の宮は容赦《ようしゃ》しない。

「二の宮様は、たいそう天文道にお詳《くわ》しいのですね。私どもの暦はそんなにずれておりますでしょうか」

内心はどきどきと落ち着かないが、行親は押し隠《かく》すように強《こわ》ばった笑みを浮かべた。

「ああ、ずれている。俺が心待ちにしていた星が出るのが、どうも昨年と合わないのだ」

「昨年……？」

「そうだ。一年前に見た星と同じものが見たいと思って待っていたのだ」

「合わないとは」

「昨年に見たときと同じ日に同じ柱と高欄《こうらん》のところで見ていたが、昨年とは見える位置が違《ちが》っていた」

「……」

「陰陽寮の暦は明らかに、天の動きとずれている。古い暦の知識を後生大事に使い続けているからではないのか？」

行親は星見の宮の暦の知識に舌を巻きながらも、反論した。

「……そろそろ、閏月《うるうづき》を入れる暦を造る話をしているはずです」

月の満ち欠けをひと月にする暦法では、太陽の周期とは次第にずれが出てくる。それを調整するのが閏月だった。

「そんな方法が時代遅れだというのだ。しかもその暦で占いをし、帝《みかど》の御身《おんみ》に悪影響《あくえいきょう》があったらどうする」

「そ、そのようなことは……」

「さっきも言った宿曜の暦、俺はその方がこの国の暦にふさわしいのではと思うが」

二の宮は傲慢な口調を崩さない。この宮はほんとうに暦や天文のことに造詣《ぞうけい》が深いようだ。

「宿曜の暦の方が正しいというのでしょうか」

「宿曜は天竺《てんじく》から来た知識であるぞ。お前たちがずいぶん昔に唐の前の国から仕入れたものとは違っている」

宮の話によると、宿曜は天竺の占星術であり、密教僧《そう》が唐からもたらしたものだった。僧侶《そうりょ》のうち、宿曜に詳しい者が宿曜師と呼ばれている。陰陽寮の天文部門と同じく、天体の動きを読み、計算をし、暦を造るのだという。主に仏法の行事などを行うための暦だ。

宿曜道について語る宮は、まるで我がことのように得意そうだった。

しかし国の中で暦はひとつでなければならない。ふたつの暦が並び立つなどあってはならないことだ。

「俺は帝に、この国には新しい暦が必要だと申し上げたのだ」

思わず行親は帝の顔を見た。帝は青白い顔で困ったように眉根《まゆね》を寄せている。

「主上《おかみ》、暦は陰陽道のわざの根本をなすものです。陰陽寮の暦博士が心魂《しんこん》込めて造っております」

行親は帝を説得するように言った。宿曜の暦についてはいまだ詳しく知らないが、陰陽寮では暦博士と暦生が複雑な計算の上、造暦を行っている。

行親も陰陽《おんよう》の卜占《ぼくせん》を行い吉日《きちじつ》を選ぶのは、この暦をもとにしているのだ。見知らぬ暦をもとに、卜占のわざを実践《じっせん》できるとは思えない。

「それをずれにずれた暦で行うというのか？」

宮は小馬鹿《こばか》にしたような口調だった。行親もついつい口調がきつくなる。

「宿曜の暦は、それほどこの世の動きに当てはまるものなのでしょうか」

臣下であるという立場も、帝の御前《ごぜん》であることも忘れて、行親は宮を見上げる。精悍《せいかん》な顔が自分を睨み、強い気が自分に向けて嵐《あらし》のように吹《ふ》き付けてくる。

「自分たちの暦に執着《しゅうちゃく》しすぎると、道を誤ったことにも気が付かぬ可能性があるぞ」

「宿曜の暦では、私は正しい卜占を行う自信がございません」

「知りもしないで決めつけるのか」

行親ははっと胸を突《つ》かれた。確かに宮の言う通り、自分は何も知らずに否定しようとしていた。しかしその後の宮の言葉には、かっと怒《いか》りがこみ上げた。

「正しくない暦で、正しい卜占などできるのか？」

「では私ども陰陽寮の卜占が、正しくないとでも？」

「正しいも正しくないも、俺はお前らの占いなど信用していないからな。だいたい陰陽の暦は物忌《ものい》みが多すぎる。あんなもの、まともにやっていたら、外を出歩けないではないか」

物忌みは暦の日を見て、外出を控《ひか》え家に籠《こも》ることだ。その日を決めるのは陰陽の暦だった。

「それよりも陰陽師《おんみょうじ》は、宮中のあやかしでも退治しておけばどうだ」

あやかしを退治――からかうような言葉をかけられ、行親は歯がみする。

「それでは、私に宿曜の暦の良さをお見せください」

「ああ、お前の望み通りにしてやろう。兄上、よろしいでしょうか」

「さ、さようにするがよい」

毒気を抜《ぬ》かれたような帝がうなずく。帝のそばに控える近習《きんじゅ》が、迷惑《めいわく》そうな顔をするのが目に入った。この男が星見の宮を見るときの敬意のなさには、最初から気がついていた。彼は露《ろ》骨《こつ》に宮を煙《けむ》たがり、宮と行親が行おうとしていることを嫌《いや》がっている。

「そなたたちがやりたいと言うならば」

帝の言葉に、近習は拒否《きょひ》できるなら拒否したいと言いたげな顔で頭を下げた。

自分はともかく、宮にまで嫌そうな表情を向ける近習を見ていると、この宮中で宮がどのように扱われているかが察せられる。

しかし星見の宮自身は平然とした顔をしていた。こんな扱いに慣れているのだろうか。

気の毒に思う気持ちも一瞬《いっしゅんわ》湧いたが、あやかし退治でもしておけと言われた腹立ちは収まっていない。陰陽師のわざをおとしめられた不快感と同時に、退治されるべきあやかしは自分なのか、という怯《おび》えもある。

宮の言葉に怯えてしまうのは、彼から放たれる気が強すぎるからだ。自分のほんとうの姿を暴《あば》かれてしまうのではないかと、恐怖《きょうふ》すら覚える。

――宮の気がこれほど強くなければ、どんな罵詈《ばり》雑言《ぞうごん》を言われても気にしないのだけど。

夜空に輝《かがや》く星のような気。ほんとうは帝が備えてほしい強い気だ。行親はその輝きについ見とれた。このような気を持っていることに、宮自身は何も気が付いていないようだった。

――こんな強い気なら、帝のようにあやかしのために病になることなどなさそうだ。

傲慢《ごうまん》な物言いが鼻につくが、強い意志を感じさせる濃《こ》い眉、澄《す》んだ瞳《ひとみ》の凜々《りり》しさは宮中の貴族には見られないものだ。腹も立つけれど、つい見とれてしまう。行親の心中は複雑だった。

「では俺が呼んだらまた来るがいい。宿曜師を呼んで、最新の暦《こよみ》を見せてやる」

「はい、楽しみにしております」

腹の中はかっかと火がつくように、憤《いきどお》りに燃えている。必死に顔に出さないようにして、退出の挨拶《あいさつ》をした。

「暦を見せてやる代わりに、俺のために陰陽のわざを見せてくれ。不思議なやつがいいな」

丁寧《ていねい》に頭を下げたとき、宮は傲岸不遜《ごうがんふそん》な口調で笑いながら言った。

「陰陽道は見世物《みせもの》ではございませぬ」

「この内裏《だいり》では見たいと言われるうちが花だぞ。今後の陰陽師商売のために見せればよい」

陰陽師を馬鹿にしているのか。宮のたわごとなど、これ以上聞いていられなかった。あの夜に星を見ていた男だとときめいた胸は、今はすっかり冷めきっていた。

――星見の宮と言っても、私とは向く方向が全く異なる方だ。

星を仰《あお》ぐ姿を美しいと思ったり、見とれていた自分に、腹が立ってくる。

「あやかし退治をするときは、俺も呼んでくれ。一度でいいから、ほんとうのあやかしを見てみたい」

行親にやけに絡《から》んでくる宮に、さすがに帝も不快そうな顔になった。

「行親は私の病を祓《はら》った、優《すぐ》れたわざを持つ者なのだ。口を慎《つつし》みなさい」

「主上があやかしにたぶらかされぬよう、俺のような人間が要《い》るのですよ」

行親は思わず拳《こぶし》を握《にぎ》りしめた。あやかし――自分の素性《すじょう》が棘《とげ》のように胸の奥を刺《さ》す。

「行親をあやかしというのか？　無礼な。いくら我が弟でも許さぬぞ」

気色ばむ帝に、さっと身をひるがえすように宮は立ち上がった。

「陰陽師と宿曜師《すくようし》の対決が早く見たい。楽しみにしている」

唇《くちびる》を引き結んで見上げる行親を、星見の宮は見下ろして傲然《ごうぜん》と笑った。

陰陽寮《おんようりょう》に戻《もど》った行親は、ともに陰陽寮で学んだ同僚《どうりょう》の賀茂康成《やすなり》に、「星見の宮」のことを尋《たず》ねてみた。行親は正式な陰陽師となったが、彼は今も陰陽生だった。

安倍家と対立する賀茂家だが、康成は分家の出身で対抗《たいこう》意識もないらしく、同輩《どうはい》として親しく接してくれる。行親の話を聞いた康成は、案の定、顔をしかめた。

「星見の宮様は天文の部門には、いろいろ口出しされているらしいぞ。もっと天文の観測に力を入れろとか、星の観測が一日に二回だけなのはけしからん、怠慢《たいまん》だとか」

陰陽寮の天文の知識が古びてきているとは、父からも聞いたことがある。陰陽寮の中でも、優秀《ゆうしゅう》な人材は陰陽の方へ引き抜かれ、天文や暦、漏刻《ろうこく》を司《つかさど》るところには、行親の目から見ても、才能がありそうな勉強熱心な人間はあまり配置されていない。

「宮様は最新の唐渡《からわた》りの書物や知見を集めているというからな。陰陽寮でやっていることが、古くさく見えて仕方ないのかもしれない」

「しかし、宮様が勝手に暦や天文に口出しなされるのは……」

「宮様は中務卿《なかつかさきょう》であられるから、一応俺たちの上司とも言える。その指示であれば従うべきなのかもしれん」

「そんな……」行親は言葉を失った。形式的なものとはいえ、宮は中務省の長官だったのか。

「変わった方だったろう、星見の宮様は。帝《みかど》とは母君が異なるせいか、皇子《みこ》とは思えぬほど無《ぶ》粋《すい》な方で、星や暦の話しかしない。星ぐるい、暦ぐるい、いろいろ言われている」

「はい。そのようで」

「女人《にょにん》の前ですら星の話ばかりなので、星見の皇子だの星見の宮だのと呼ばれている。しかし本人はいくら笑われようが、超然《ちょうぜん》として星見をされているそうだ」

また行親の脳裏《のうり》に星を仰ぐ男の姿が蘇《よみがえ》る。

「歌も詠《よ》まず、琴《こと》や琵琶《びわ》など音楽をたしなむこともなく、夜は女人を訪《おとず》れることもなく、ひたすら空を仰いでいるそうだぞ」

「……」

「黙《だま》っていれば絵物語に出てくるような美しいお姿なのだが、なんせ空しか見ていないので、気の毒に宮仕えの女房《にょうぼう》たちからも侮《あなど》られている」


陰陽寮からの帰りの車で、父吉行は意気揚々《いきようよう》と言った。

「右大臣様から、お前に病気を占《うらな》ってほしいと依頼《いらい》が来ている。按察使大納言《あぜちのだいなごん》様からは引っ越《こ》しの日取りを観《み》てほしいとのことだ。これだけでないぞ。都中の高家の方々が、お前を呼びたいと言っている」

「それは——私には荷の重いことです」

「何を言う。主上《おかみ》の御病気《ごびょうき》が癒《い》えたのは、陰陽師安倍行親の力なり、とお前の名が高まっておるのだぞ。今、この流れに乗れば、この陰陽寮の評判も上がろうというもの」

父は嬉《うれ》しそうに言うが、その目は笑っていない。欲に濡《ぬ》れたように血走って見える。

「務めを果たすのだ。陰陽師として名を上げれば、狐《きつね》、あやかしなどと、いらぬ陰口《かげぐち》を叩《たた》かれることもなくなるぞ？」

とっさに行親は父を睨《にら》んだ。しかし父は平然と視線を受け止めている。行親はその冷たい目を見つめ続ける力を失い、目をそらした。

行親は邸《やしき》に戻ってからも、宮中でのことを思い返していた。すでに白狐《びゃっこ》の姿に戻っている。陰陽師の衣冠《いかん》姿のときは、少し離《はな》れて座っている笹丸は、行親が狐の姿になると、いそいそと膝《ひざ》近くに寄った。柔《やわ》らかな笹丸の背中を撫《な》でながら、行親は考えにふけっていた。

帝は行親を親しく扱《あつか》い、大切にされていると思う。ひいきが甚《はなは》だしいと陰口を叩かれるくらいに。それなのに自分は帝のことが好きになれない。

その反対に、星見の宮からは傲慢な口調で非難するようなことばかり言われ、そのときには腹も立つのに、今、その姿を思い浮《う》かべると不思議と嫌《きら》いにはなれないのだ。

「ゆきちかさま。きょうのたのしいことは？」

笹丸のくろぐろとした目が行親を見上げる。

「面白《おもしろ》い人がいてね。何かとうるさい方なのだけど」

星見の宮のことが、そのまま唇からこぼれる。

「星がお好きで、星ばかり見ている方なんだ」

「ぼくもおほしさまはすきです。きらきらしているから」

「そうだね。私も好きだよ」

笹丸が小首をかしげて尋ねる。

「ゆきちかさまのすきは、ほしですか？　そのかたのことですか？」

思いがけない返しにぎょっとする。笹丸の目は愛らしく、何も考えてないようだ。しかし心の奥をふいに射貫《いぬ》かれたような気がした。

——さっき、宮のことを嫌いになれないと思ったばかりだった。

自分の心を隠《かく》すように、笹丸を抱《だ》き上げる。

「星のことだよ。私も星を見るのは大好きだ」

星見の宮のことではない。自分の中で繰《く》り返す。

——それにしても、宮はほんとうに暦や天文のことにお詳《くわ》しい。そう、私も確かに今の陰陽寮の暦に対して疑問があった。

以前から感じていた疑いが、今日の宮の指摘《してき》ではっきり形になった。陰陽師が行う卜占《ぼくせん》は複雑な計算を行って、暦の日付や方角の吉凶《きっきょう》を判断していくものだ。それは陰陽師個人の資質というより、計算能力によるものとも言える。

——私の計算が未熟だから結果がおかしいのかと思っていたが……もし、暦が天の動きからずれているとしたら？

行親がその人の生年月日と合わせ、暦と六壬式盤《りくじんしきばん》という占いのための道具で行った卜占で導き出した吉凶と、行親が実際のその人を見て感じることが異なるのだ。

行親の「感じ」は狐のあやかしの本能とも言うべきものであり、その日にその人がしようとしていることが、吉《きち》となるか凶となるかは、天から降りてくるように分かる。特に、してはいけない、という場合の「感じ方」は大きいので、行親は自分の本能に逆らうことができない。そういうときは、いくら卜占で吉日と出ても、行親は身を慎み延期するように告げてしまっていた。

――とくに最近、この「感じ」が多いと思っていた。なぜ自分の卜占と「感じ」がこうも異なるのかと思っていたが、もし暦《こよみ》自体がおかしいのだとしたら。

それは納得《なっとく》できるし、天の動きと合った正しい暦が欲しい。

――宮に相談したらできるのだろうか？　しかし下《した》っ端《ぱ》の陰陽師である私がそんなことを言っても、陰陽寮を動かすことなどできるだろうか？

年に一回、次の年の暦を作成し帝に奏上するのは、暦《れき》博士の一番の任務であり、暦部門の中でも最も大変な仕事なのだ。それを自分が簡単に覆《くつがえ》せるものではない。

――そもそもまだこれは推定の話だ。これが正しいと解き明かすにはどうしたらよいのか。

そのためにも宮ともっと深く天文や暦の話をしたい。宮の持つ知識を分かち合ってほしい。

そう思いながら行親は宮の姿を胸に思い浮かべていた。あの強い気に触《ふ》れたい。星のように強い眼差《まなざ》しを見たい……。行親の思いはいつの間にか暦のことから離れていたが、自分ではそれに気が付かなかった。

第二章

あの禊祓《みそぎはらえ》以来、帝の口から行親の名前が出ない日はない、と宮中で噂《うわさ》されている。

いつも気弱な笑《え》みを浮かべる優《やさ》しい帝だが、周りから何を言われても、頑《がん》として行親を身近から離さないのだ。それに帝の近習《きんじゅ》たちからも、帝の御心《おこころ》を安らかにするためにも、ぜひともそばに侍《はべ》るようにと、くどいほど頼《たの》まれている。

そのせいで行親は、「宿直《とのい》ばかりしていて、その間に帝から寵愛《ちょうあい》を受けているのでは」という疑惑《ぎわく》を持たれている。陰陽寮《おんようりょう》の中ですらそうなのだから、宮中の人々がみなそう思っていても不思議ではない。

「帝専属のようだな」

陰陽寮で賀茂康成は笑っていたが、行親は笑う気にはなれなかった。

「帝の信頼《しんらい》が厚いということではないか」

鷹揚《おうよう》な康成は良いようにとってくれるが、宮中の人々が、そのように思ってくれるわけではない。むしろ逆だ。

康成と話をしている最中だったが、父吉行が近づいてきた。

「主上からのお召《め》しだ。疾《と》く参上するように」

吉行に睨まれ、康成は部屋から出て行ってしまった。父とふたりきりになった行親は、ぞくりと肌《はだ》が粟立《あわだ》つ。父の目に邪悪《じゃあく》ささえ感じるのは、気のせいなのだろうか。

「早く行け。主上をお待たせするなど、けしからん。安倍の家に恥《はじ》をかかせる気か？」

「……」

「わしの言うことを聞けぬのか。昔のような目に遭《あ》いたいか」

行親は息を呑《の》んだ。幼い日のことがぞっとするほど鮮《あざ》やかに蘇る。

真っ暗な塗籠《ぬりごめ》。ひしひしと闇《やみ》が迫《せま》る。ひとり押し込められ、長い時間置きざりにされた。狐の姿しか取れなくて、暗い中で泣き叫《さけ》ぶ幼い自分——。

小さな行親を抱《かか》えて塗籠に押し込めたときと同じ顔で、父は言った。

「また同じ目に遭いたくなければ、早く言う通りにするのだ」

行親は父の言葉に呪縛《じゅばく》されたように、清涼殿《せいりょうでん》へ向かった。行親を見て、帝《みかど》はほっとしたように目元を緩《ゆる》ませる。

「行親、待ちかねたぞ」

まるで恋人《こいびと》でも迎《むか》えるように、帝は行親の手を取る。

「奇妙《きみょう》な声で鳴く鳥が前栽《せんざい》の松の木にいたので、祓《はら》ってもらいたいのだ」

行親は前栽と呼ばれる美しい庭を見る。鳥はもういない。庭一面見渡《みわた》しても、どこにも邪悪な影《かげ》はない。帝のために毎日のように禊祓を繰り返しているのだ。

しかし何もしなければ帝は納得しないだろう。行親はその場を祓い、帝に向かって微笑してみせた。

「悪《あ》しき影はこの行親が祓いました」

帝は子どものような笑みを浮かべた。

「行親さえいれば内裏《だいり》は安泰《あんたい》じゃ」

そこへ場違《ばち》いなほど大きな声が響《ひび》いた。

「兄上は陰陽師安倍行親に、頼《たよ》りすぎであられるのでは？」

帝ははっと顔色を変え、行親もびくりと身をすくませた。

星見の宮が、帝の御前《ごぜん》の間に入ってきた。病弱な帝に比べると背も高く胸板《むないた》も厚く、弟には見えない立派な体つきだ。

「たかが鳥が鳴いたくらいで」

辺りを鋭《するど》い目で見回した。男らしい精悍《せいかん》な顔立ちは帝の弟の皇子《みこ》というよりは、近衛《このえ》府の武官を彷彿《ほうふつ》とさせる。

行親の目には、宮が今日も明るく力強い気を放っているのが見える。この人くらいの覇気《はき》があれば、帝も自分の力など必要としないだろうに、と行親はその姿を見守った。

「お前もなぜほんとうのことを言わない？　こんな昼間から、呪《のろ》いなどあるわけないだろう」

確かにこの春のうららかな昼下がり、鳥の声がしただけで、呪いらしきものはなかった。しかし、星見の宮の言葉に首肯《しゅこう》すると、帝の立場がなくなってしまう。行親は首を横に振《ふ》った。

「確かに悪しき影らしきものがありました」

「嘘《うそ》をつけ。お前たち陰陽師は平気で嘘をつくからな」

「行親に無礼を働くことは私が許さん」

帝が行親をかばうように近寄ってきた。

「兄上もこの国を治められるのですから、このような古くさいまじないを、信じておられるのもいかがなものかと思います」

「何を申す」

「これだからこの国はいつまでも開けない、遅《おく》れた国と、唐から思われているのですぞ」

尊い帝とその弟のいさかいを、まじまじと見ているのは恐《おそ》れ多い。行親は顔を背《そむ》けながらも、耳は一心に宮の言葉の方へ向いていた。

唐という国の話を聞いてみたい。行親が知っているのは、陰陽寮のもととなる陰陽五行《いんようごぎょう》の思想や、陰陽寮で使う暦の基本となっている宣命暦《せんみょうれき》が、海を越《こ》えて唐からもたらされたことくらいだ。

「お前もまだ子どものようなあどけない顔をしているのに、昼間から、まじないのわざに明け暮れておるのか」

陰陽のわざを馬鹿《ばか》にされた上、子ども扱《あつか》いされ、行親はとうとう、真っ向から星見の宮を睨《にら》み付けてしまった。

「なんだ、俺に文句があるのか」

宮の目が好戦的に光る。自分とははるかに身分の違う雲の上の人ではあるが、行親はつい返してしまった。

「祓っておけば、禍《わざわい》が身に降りかかることもございません」

「何かにつけ兄上の行く手の前を祓っておると聞いているぞ。お前が祓わなければ、兄上は内裏から外へ行くことができんとか。行く手には呪いがかかっているから、必ず祓わなければならないと、おおげさに兄上の耳に吹《ふ》き込んだのであろう」

それは自分が仕向けたことではない。行親はぐっと拳《こぶし》を握《にぎ》りしめた。祓うのは帝が求めるからだ。すべては帝のために行っていることだ。

「意味もなく祓ってはおりません」

「ではお前のなすべきことは、もっと理路整然とこれだけを祓えば良いと、帝に申し上げることであろう。今のままでは、お前なしでは帝は昼も夜も明けぬご様子ではないか」

怒《いか》りがこみ上げてキッと目を据《す》えても、相手はびくともしない。男らしい凜々《りり》しい眉《まゆ》に力のある目、星見の宮は圧倒《あっとう》するかのような態度でこちらを見る。

「唐の前に滅《ほろ》びた王朝ではな、皇帝《こうてい》をたぶらかす妖《あや》しいわざを使う者がいたそうだ」

「下がれ！」

蒼白《そうはく》になって唇《くちびる》を噛《か》む行親のそばで、帝が声を張り上げた。

「行親を侮辱《ぶじょく》することは、この私をも侮辱することになるのだぞ」

宮は肩《かた》をすくめるようにして、出て行こうとした。

「待たんか」

「下がれと言ったり待てと言ったり、はて、俺はどのようにいたしましょうか」

皮肉っぽく言う弟に、帝は額に青筋を立てて叫んだ。

「そのようなことを申すなら、今後、行親に近づくな。行親が私を癒《い》やし、内裏を清浄《せいじょう》に保ってくれているのだぞ」

そんな中、行親は胸のうちの不安がだんだん大きくなるのを感じていた。否応《いやおう》なしに巻き込まれた渦《うず》が次第《しだい》に大きくなる。殿上《てんじょう》に上がるように父に強《し》いられ、帝にはそばにいるようにと執着《しゅうちゃく》され、そして――。

星見の宮は呆《あき》れたような笑いを浮《う》かべて立ち去った。気高さと豪胆《ごうたん》さを兼《か》ね備えたこの人からは、帝をたぶらかすと軽蔑《けいべつ》されているのか……。行親は心の中が暗く冷え冷えとした。

「行親、すまぬ。そなたに嫌《いや》な思いをさせてしまった」

帝が行親の手を取った。引っ込めるわけにもいかず、手を委《ゆだ》ねたままうつむく。

「そんな哀《かな》しい顔をしないでおくれ。美しいそなたが、しおれた花のようになっているのがつらい」

帝の指が行親の頬《ほお》にそっと触《ふ》れる。びくっと飛び上がりそうになるのをこらえた。これ以上近づかれては困ると思うが、帝に伝わってはいない。

すでに女御《にょうご》ふたりに更衣《こうい》も数人おられるという帝が、自分を何かと身近に置きたがり、構いたがる。何か物《もの》の怪《け》でも憑《つ》いているのか、と帝の様子をあらためるが、おかしな気配は感じられない。

「そなたは私のそばにおり、悪しきものを祓えばよいのだ」

帝は自分に言い聞かせるようにつぶやき、行親は首肯するかのように見せてうなだれた。星見の宮の姿を見たとき、宿曜《すくよう》の暦《こよみ》の話の続きをしに来てくれたのかと思ったのだ。しかし兄弟の言い争いになり、その話が出なかったことが残念でならなかった。

陰陽寮《おんようりょう》にいるときも、行親が帝に特別な扱いを受けていることは、嫉妬《しっと》の種となっている。露骨《ろこつ》に言う者もあれば、ちくりと嫌《いや》みを浴びせる者もある。陰陽寮を司《つかさど》る陰陽頭《おんようのかみ》ですら、行親を見る目は優《やさ》しくない。

「さきほども主上《おかみ》の御簾《みす》うちに召《め》されたそうだな」

行親に向かって、陰陽頭の賀茂道経は冷たい視線のまま、楽し気な口調で言った。いっそ叱《しっ》責《せき》でもされる方が楽だと思いながら、行親は陰陽頭の言葉を待つ。

「ことあるごとに主上に陰陽寮の話をしておいてくれ。暦部門、天文部門に人が足りぬとな。

必ず言うのだぞ。お前の言うことであれば、主上は叶《かな》えてくれるはず」

行親は首《こうべ》を垂れて聞いている。暦部門や天文部門に人材がいないことは、陰陽寮の課題だ。

これが改善されなかったら、自分のせいにされるかもしれない。そのときには居丈高《いたけだか》に陰陽頭に叱責されるのだろうか、と行親はどんよりとした曇《くも》り空のような気持ちになった。

「あの陰陽頭を喜ばせるなよ」

陰陽頭の部屋を退出したとき、次席である陰陽助《おんようのすけ》の父はそんなことを言い出した。

「あの男の言うことなどを聞いて、正直に主上に申し上げる必要はない」

行親は驚《おどろ》きながら父の顔を見た。ではこの件はどう対処したらよいのだろうか？

「暦部門や天文部門など、最低限の人間がおればよいのだ。今のまま放《ほう》っておけ」

父は陰陽寮の幹部とは思えないようなことを言い放った。行親が呆然《ぼうぜん》としていると、重ねて驚くようなことを言った。

「宿直《とのい》をするとき、主上はお前を寝所《しんじょ》に召し出しておられるのか？」

その言葉の意味することを悟《さと》り、行親は思わず顔を赤くしながら、父を凝然《ぎょうぜん》と見つめた。激しくかぶりを振る。しかし父は冷たい目をしながらも、唇は妖《あや》しく歪《ゆが》んでいる。

「主上の褥《しとね》の上では、くれぐれも狐《きつね》の尻尾《しっぽ》を出さぬようにするのだぞ。いいな」

行親は息を呑《の》んだ。何も言葉を返せないでいると、父はうすら笑いを唇に乗せたまま、「そろそろ帰るぞ」と言って、先に歩き出した。行親は去り行く背中をようやく睨みつけた。

父はなぜあのような言葉を、平然と投げつけられるのだろう。己《おのれ》と狐のあやかしとの間にできた子に向かって。

行親は徒歩《かち》で邸《やしき》に向かっていた。父と同じ車で帰る気にはなれない。

春の風は日に日に暖かさを増し、花を綻《ほころ》ばせている。行親は家にまっすぐ帰るのが惜《お》しくなり、一条《いちじょう》の方へ回り道をした。

内裏《だいり》から離《はな》れるほどに、立ち並ぶ邸が少しずつ小さくなり、古びた建物が目立つ。都の外れへ行けば行くほどそうなっていく。

ある一画に古びた築地塀《ついじべい》が長々と続いていた。一条のはずれには珍《めずら》しいほどの大邸宅《だいていたく》だ。行親は塀《へい》に沿って歩いてみた。空き家なのか門は固く閉《と》ざされている。

北から西へ曲がった所に、人が入れるほどの穴の開いた築地塀があり、覗《のぞ》き込んでみた。穴の向こうの景色に、思わず息を呑む。

まるで洞穴《ほらあな》を抜《ぬ》けたら桃源郷《とうげんきょう》が広がっていたような――そこだけ花盛りの桜の木が立っている。行親は思い切って、穴をくぐった。

都の桜はまだ半分も咲《さ》いていないのに、ここは満開だ。桜の木の向こうには荒《あ》れ果てた邸がある。おそらく誰《だれ》も住んでいないに違《ちが》いない。狐狸《こり》あやかしのたぐいが棲《す》むと言っても、おかしくない様子だった。

行親は桜の木の下を過ぎ、邸へ向かった。やはり人の気配はない。しかし、古い邸にありがちな、どんよりと穢《けが》れ澱《よど》んだ気配はなく、不思議と明るく清らかだった。

誰もいない庭にたたずみ、静かに暮れゆく水色の空と桜を眺《なが》め、行親は肩の力を抜きたくなった。誰もいないと分かっていても築地塀の周囲に丁寧《ていねい》に結界を張る。

深く息をつくと、固くまとっていた殻《から》が弾《はじ》けるように、白狐《びゃっこ》の耳と尾《お》のある姿になる。

自分をきつく縛《しば》るものから解放される、その心地《ここち》よさに、行親はうっとりと目を閉ざした。

狐の姿を愛《め》でるかのように、桜がはらはらと花びらを降らす。花びらのかすかな愛撫《あいぶ》にも体が震《ふる》えるほどの喜びを感じた。

桜は古木で、花が重たげで少し枝が弱っているように見える。行親は幹の奥にいる桜の精に呼び掛《か》けた。

——疲《つか》れていますか？

——ええ、少し。この家にはもう住む人もいないのですが、花の時季はつい張り切ってしまいます。

桜の木にうっすらと長い髪《かみ》の女の姿をした桜の精が浮かび、疲れた顔で微笑《ほほえ》んでいる。長年、人の心を集めてきた古木は精になることが多い。

行親は沓《くつ》を脱《ぬ》ぎ、裸足《はだし》になった。静かに反閇《へんばい》を始める。この呪的《じゅてき》動作は穢れを祓《はら》うだけでなく、生きものがほんらい持っている再生の力も蘇《よみがえ》らせるのだ。

──ああ、力がみなぎってきます。ありがとう。

桜の精の姿がくっきりとなり、礼の言葉とともに花が降り注ぐ。はらはらと花びらが自分に降りかかり、行親が花の下で我《われ》を忘れていたときだった。

かすかな物音に、行親の銀の髪から付き出た白狐の耳が動いた。夕闇《ゆうやみ》迫《せま》る庭にいつの間にか、ひとりの男の姿があった。

行親は凍《こお》りついたように立ち尽《つ》くした。

──いや、結界がある。人には私の姿は見えないはず。

冷や汗《あせ》を全身ににじませながら、自分に言い聞かせ、まるで一本の木になったかのように息を殺した。

男はじっとこちらに目を凝《こ》らしているようだ。ひどく背が高い。

まさか？　見えるのか？

結界を確認《かくにん》することすら恐《おそ》ろしく、行親はその場に釘付《くぎづ》けになっていた。

男がまっすぐ近づいてくる。その目はこちらを凝視している。

「お前は──狐か？　人か？」

見えている。全身の毛が逆立つほどの驚きだった。

そしてその声には聞き覚えがあった。激しく言い争ったから忘れようもない。

星見の宮その人だった。

行親は逃《に》げようとした。背後には古い邸の寝殿《しんでん》がある。邸を回りこんで奥へ逃げようと、背を向けて走りかけたときだった。

「待ってくれ、お前が何かのあやかしなら、俺と話をしてくれないか？」

その声がふだんと違う優しい響《ひび》きを帯びていなかったら、行親は奥へ逃げ去っただろう。内裏で会うときの、あの傲慢《ごうまん》そうな物言いの星見の宮とは思えない、低く静かな柔《やわ》らかい声。まるで小さな子どもや獣《けもの》の子に呼びかけるような。

「そうだ、逃げないでくれ」

動きを止めた行親のところへ、まるで子どもに向かうように、手を差し伸《の》べた星見の宮がじりじりと近づいてくる。

「お前は狐のあやかしか？」

行親はこくりとうなずいた。その優しい声音《こわね》には、自分を幼い子どもの頃《ころ》へ立ち返らせてしまうような響きがあった。

「会いたいと思っていたのだ」

星見の宮はまじまじと行親を見た。その目は驚きと喜びに、星のように輝《かがや》いていた。

「狐のあやかしというのは、美しいのだな」

自分もいつもの自分と違うが、星見の宮もいつもとは違う。優しい声が自分の姿を褒《ほ》めたとき、行親の心には嫌悪《けんお》ではなく、今まで感じたことのない、甘く切ない何かが湧《わ》いてきた。

「桜の下に立っていると、ことさら美しく見える。桜の花の精かと思った」

あの無粋《ぶすい》で無骨な宮が、こんなことを言うなんて。自分は桜の下に立ったときから、夢の中に入ってしまったのだろうか。行親は呆然《ぼうぜん》とそう考えた。

「俺と少し話をしてくれないか」

いつもの人を圧倒《あっとう》するような気迫《きはく》はなく、楽しげで柔らかな表情に心惹《こころひ》かれた。行親はその言葉に誘《さそ》われるがまま、気がつくと星見の宮と並んで、邸の庭に面した簀子縁《すのこえん》に座っていた。

「ここはすっかり荒れ果てているが、俺の母の実家なのだ。桜の時季には母に連れられて遊びに来ていた。ここの桜が都の中で最も早く花盛りになる」

ここで過ごしたことがあるのかと、行親は辺りを見回す。まさか高い身分である宮が、供も連れずにひとりでやってくるとは思わなかった。門は固く閉ざされており、入るとすると、行親も入ったさっきの築地塀の崩《くず》れた穴しかない。

「あの穴から、入って来られたのですか？」

「ああ、俺ひとり入ってきた。後から供の者が来るかと思ったが、入ってこなかったな。ここが近頃《ちかごろ》、化け物邸と言われているせいか」

「あやかしには素敵《すてき》なところです」

行親は庭の桜に目をやった。桜の精がそっと手を振《ふ》っている。

あやかしの姿を隠《かく》しもせず、宮と並んで夕闇にけむるような桜を見ている。そんな自分が信じられない。優《やさ》しく語ってくれる宮も、いつもと同じ人とは思えない。

——この方が、陰陽道《おんみょうどう》について批判してくる、あの星見の宮と同じ人だなんて。

「俺は幼い頃、ここで花や草木のあやかし、獣のあやかしなど、さまざまなものを見ていた」

星見の宮は嬉《うれ》しそうにあやかしのことを語る。そこもまた行親には信じられない。以前、「あやかしを見せろ」と絡《から》んできたのは、ほんとうにあやかしが見たかったからなのか？

強い気を秘《ひ》めたこの人には、結界を越《こ》えて「見る」力が備わっているのだろうか。

そして子どもの頃の素直《すなお》な目なら、ここに棲むひそやかなあやかしたちを見ることもできただろう、と思う。

自分が思っていたよりも、星見の宮は純粋《じゅんすい》な心を持っているのかもしれない。行親は考えを改める。

そしてあやかしの自分に対する、この優しい眼差《まなざ》しと声は……？

「気配だけは内裏でも感じていたのだが、もう一度会ってみたいと思っていた。この邸《やしき》に来れば会えるかもと思ったのだ。来てみてよかった」

星見の宮は白い歯を見せて笑った。

「あやかしに会ってみたいから、陰陽師にも頼《たの》んでみたのだが」

行親はぎくりとした。宮の言うその陰陽師とは、自分のことではないのか？

「俺の願いは無視された。自分はあやかしを見たことがあると言いおるのに、けちなやつで、ことごとく意見の合わない者なのだ」

　まさしく自分のことだった。行親は内心焦《あせ》りながら、取りつくろうように言ってみた。

「あやかしを見せるのを、良いこととは思わなかったのでは？　宮中では、あやかしや物《もの》の怪《け》は、怖《おそ》れや穢れと思われる方が多いでしょう。陰陽師はそれらから人を守る者と聞いております」

「たしかにそうだ。面白《おもしろ》いな。あやかしのお前が、陰陽師をかばうとは」

　行親は背中にじっとりと冷や汗をかいた。うかつなことを言うと、今出ている狐《きつね》の尾とは別の尻尾《しっぽ》を掴《つか》まれて、正体がばれてしまう。

「あの男がそう言うのは、俺を守るためなのかもしれない。そいつは生意気だが、陰陽の道には真面目《まじめ》で優秀《ゆうしゅう》な人間だ」

　最初の「生意気」には少しむっとしたが、陰陽道に励《はげ》むことを宮に評価されているのは嬉しかった。

「お前の名は？」

　行親は辺りを見回して、暮れゆく空に輝く光に目を留めた。

「ゆ、ゆうづつです」

「夕星《ゆうづつ》か。俺の好きな星の名だ」

　夜の先触《さきぶ》れのように夕闇に光る星を、かりそめの名前にした。

「……あなたのお名前は？」

「お前がゆうづつなら、俺は北斗《ほくと》にしておこうか」

いつぞやの北斗星《ほくとせい》を背にした姿を思い出した。この人の名にふさわしい、と行親は思った。

「北斗様」

「北斗でいい。あやかしのお前には、人間の身分など関係ないだろう。身分が高いとか低いとか、そんなことがお前にも分かるのか？」

「綺麗《きれい》な衣《ころも》を着ているし、いい香《かお》りがします。きっと内裏《だいり》にいる身分の高い人だろうと」

「確かにそうだな」

そう言いながら、星見の宮はぐっと身を寄せた。

「お前からもいい香りがする。あやかしも香《こう》をたきしめたりするのか？」

近さにたじろぐが、宮は遠慮《えんりょ》なく寄ってくる。高い鼻梁《びりょう》の整った顔を近づけられると、行親の胸がせわしなく鳴り出した。こんなに近く来られると――。

「そんなところは、人と変わらないように見える。しかし白狐《びゃっこ》の精なのだろうな。その銀の髪《かみ》と耳は」

宮は目を輝かせ、行親の肩《かた》から背に垂れる銀の髪に触《ふ》れたそうにしている。

「触《さわ》ってもいいですよ」

行親は頭を振り、髪を揺《ゆ》すってみせる。星見の宮はすぐさま長い指を伸ばして、髪をすくっ

た。好奇心《こうきしん》の塊《かたまり》のような人だと行親は思った。

少し触れられるだけで、心臓がどくどくとうるさい音を立てる。胸が苦しいから触れられたくない。しかし触れられたい。自分でも自分の気持ちがよく分からない。

「尻尾もあります」

衣の裾《すそ》から尾《お》をふさりと出すと、宮がさらに目を輝かせて、優しく撫《な》でるように触れた。行親の胸の激しい音が止まらない。

「柔らかくて心地《ここち》よい手触《てざわ》りだ」

「北斗……は狐が好きなのですか？」

星見の宮――皇子《みこ》を呼び捨てにするなど、ほんらい許されないことだ。行親の緊張《きんちょう》と胸の音は最高潮に達した。

「狐だけじゃない。昔、この邸で見たあやかしが好きなのだ」

「どんな者たちがいました？」

姿を見られないように結界を張ったはずだったのに、星見の宮の目には自分が見えていた。宮は人外のものが見える人だ。宮はいったいどのようなあやかしを見たのか。

「よく見たのは狐や狸《たぬき》の耳のある者たちが、夜になると庭で跳《は》ね回っていた姿だ。池には青い男がたたずんでいた。一番忘れがたいのが、その桜の花盛りのとき立っていた桜の精のような人だ。なんとも言えず美しいのに、俺にしか姿が見えなくて、母や乳母《めのと》に言っても信じてもらえなかったものだ」

その桜のあやかしなら、今もここにいる。ただ年を取って精としての姿が薄《うす》れているのだ。狐や狸もいる。宮のいる世とはわずかにずれているから、その目に映らないのか。

あやかしの世はこの世と重なりあい、ときに干渉《かんしょう》しながら存在している。月や星のめぐりの中で、ふたつの世がひどく近づいたり、交じり合ったりするときがある。

そんなときにあやかしに遭遇《そうぐう》するのだ。

ここは重なりやすい場所か。そして宮はそれが見える人。

行親は真剣《しんけん》に考えこんでいた。宮が自分を見つけたのは、自分が半分は人の血を引いており、ふたつの世をまたいで生きているからだろうか。

「どれも、ゆうづつほど姿がはっきり見えなかった。なぜだ？　ゆうづつは普《ふ》通《つう》の人と変わらないぞ。姿は狐のものだが」

「桜や水の精は淡《あわ》いものですから」

「お前はもっと濃《こ》い存在なのか」

星見の宮は屈《くっ》託《たく》なく話しかけてくる。帝《みかど》の前で対峙《たいじ》するときは、あれほど厳しく容赦《ようしゃ》のない様子なのに。

――この方にこんな優しい面があるとは知らなかった。

今までこんな顔を向けられたことがないので、いつまで経《た》っても行親は落ち着かなかった。

特に心臓がうるさく鳴って収まらない。

「北斗様は――」

「北斗と呼べ、いや、そう呼んでくれ」

宮は言葉も丁寧《ていねい》だ。狐のあやかしである自分に優しく微笑《ほほえ》みかけ、対等に接しようとしてくれている。こうやって穏《おだ》やかに話していると、深い響《ひび》きを持つ低い声はいつまでも聞いていたくなる。

「北斗星が好きなら、星を見るのも好きなんですね」

「ああ。星を見ているうちに夜明かししてしまうな。星とその巡《めぐ》りを見るのが面白い。俺が一番興味があるのは、宿曜《すくよう》というものだ。星の運行と人の運命を結びつけるものだという」

宮の口からまた宿曜の話が出た。今なら、帝の前ではできなかった話ができそうだ。行親の心は弾《はず》んだ。

陰陽道と宿曜道は、同じ空を眺《なが》めて星を見るのに、読み取るものが違《ちが》う。造る暦《こよみ》も異なっている。今まで関心を払《はら》っていなかった宿曜に、行親はどんどん興味を引かれていく。この人がそれほど面白いというなら、自分も知りたい。

「宿曜道というのはどのようなものなのですか?」

宮は懐《ふところ》から巻物《まきもの》を出したが、顔をしかめた。

「すっかり暗くなったな」

行親は小さく呪《しゅ》を唱え、明かりを持った式神を呼び出した。部屋の片隅《かたすみ》に転がっている古びた燭台《しょくだい》に明かりを灯《とも》させる。

宮はその様子を目を丸くして見つめていた。

「……それも何かのあやかしか？」

「陰陽師《おんみょうじ》のように式神も使えるのか。暗いときには明かりを持ってきてくれるとは便利だな」

「式神です」

陰陽師と言われて行親は緊張したが、宮は自分の正体に気が付いていないようだ。いや、正体というのは、陰陽師なのか、この狐の姿の方なのか？

行親は戸惑《とまど》いながらも少しおかしくなった。この邸に入ってから、通常の理《ことわり》とは離《はな》れた世界が広がっている。

敵意を持たれていると思っていた宮は、あやかしの自分に優《やさ》しく、人前に姿を現せないはずの狐の姿をした自分が、堂々と宮としゃべっている。

明かりの下で、宮は巻物を広げた。目を丸くするのは、行親の番だった。話に聞いたことはあるが、宿曜の星の図を目にするのは初めてだ。

天を二十七宿、十二宮に分け、七曜などの天体や曜日の巡りをもとに、吉凶《きっきょう》を読み解く。北斗七星を中心に置くのは、陰陽寮《おんようりょう》で占《うらな》いに使う式盤《しきばん》も同じだ。

——どこが同じで、どこが違うのだろう？

食い入るように見つめていると、宮が自分の顔を覗《のぞ》きこんでいるのに気がついた。

「狐《きつね》のあやかしなのに、宿曜道に興味があるのだな」

あやかしを馬鹿《ばか》にしているのではない、優しい笑《え》みだ。向けてくる瞳《ひとみ》も穏やかで包み込むようだ。行親は間近で見る宮の笑顔にまた動揺《どうよう》した。

——こんな顔をするなんて、聞いてない！

動揺ばかりの自分に、いら立ちすら覚えた。

「俺は正式に宿曜師について学んだわけではない。陰陽のことも詳《くわ》しくは知らん。ただ星を見るのが好きで、幼い頃《ころ》からずっと見ているうちに、その空を巡る理を知りたくてたまらなくなったのだ」

一年をかけて星は空を巡る。いや、空の巡りの期間を、人は一年としたのだ。

「いつも星を眺めているのですか？　飽《あ》きたり、いやになったりしないのでしょうか」

自分でもおかしいとは思うが、口調が妙《みょう》にあどけなくなってしまう。行親はまるで自分が、子狐《こぎつね》笹丸になってしまったかのような気がした。

「星を夜ごと、ずっと見ているのは楽しいぞ。飽きるということがない」

「夜じゅう、ずっと？」

「そうだ。俺は星を見るために、いつもいろんなものを持ち歩いている」

宮はさきほど巻物を出したのと同じ懐や袖《そで》の中から、筆や水の入った竹筒《たけづつ》、竹の皮にくるんだ菓子《かし》、蛤《はまぐり》の殻《から》に入った虫刺《むしさ》されの油薬までを、次から次へと取り出した。

こまごました品物が出てくるさまが面白《おもしろ》くて、行親は夢中で見つめる。

「今日はこの空き家に忍《しの》んで、星空をゆっくり眺めようと思ったのだ。食べるものまで用意してな」

いつの間にか漆黒《しっこく》の夜空に、銀の砂を振《ふ》りまいたように星が輝《かがや》いている。

「ゆうづつも食べるか？」

宮が竹の皮を広げ、揚《あ》げた菓子を行親にも分けてくれる。竹筒の水も勧《すす》めてくれた。ちょうど腹もすいていたので、行親はありがたく頂いた。

帝の弟宮に生まれながら、ひとり誰《だれ》もいない邸《やしき》に忍び込んで星を眺めようとする。その好奇心に満ちた笑顔は、今まで宮中では見たことのないものだった。

「私も星のことを学んでみたくなりました」

行親は思わず、このところずっと考えていることを洩《も》らした。未熟な自分は、帝のそばに侍《はべ》るばかりでなく、陰陽寮に腰《こし》を落ち着けて、天文のこと、暦のことをもっと学びたい。

「狐のお前も学びたいのか？　狐の世界にも大学のようなものがあるのか？」

「……はい」

宮の笑顔が眩《まぶ》しく美しいので、これ以上嘘《うそ》はつきたくない。しかし自分の身の上をばらすわけにはいかない。宮に告げた名前も何も、みんな嘘ばかりだ。行親はきゅっと胸の奥が絞《しぼ》られるように痛んだ。

灯火がちらちら揺《ゆ》れる中、巻物を前にふたりは語り合った。巻物の中には星を巡る大きな世界がある。行親は宿曜について、聞いてみたいことが後から後から湧《わ》いてくる。

占いという人の運命を左右しかねないことに手を染めている自分は、もっとこの星の世界のことを知る必要がある。

それをこの人と一緒《いっしょ》に学ぶことができたら。

こうして肩《かた》を並べ、星を見上げながら。

気がついたときには空がうっすらと曙《あけぼの》の色に染まっている。行親は驚《おどろ》いて声を上げた。

「夜が明けてしまいました」

「すっかり話しこんでしまったな。楽しかった」

少しけだるげで眠《ねむ》そうな目をする宮も、色気があって美しかった。

「またここで会ってくれるか？」

行親は大きく目を見張った。あやかしの自分に、また会いたいという人間がいるとは信じられない。

「一晩中、星を見よう」

「はい」

行親は自分でも驚くほど素直《すなお》にうなずいた。

「楽しみにしている」

宮は白い歯を見せて笑った。

「お前は夜が明けたら、姿を消してしまうのか？」

行親は消えるわけではない。人の姿に戻《もど》り、内裏《だいり》に出仕するのだ。最後の嘘をついた。

「はい」

「ではまた会おう。三日後でいいか？　三日したら別の宿曜の書が手に入るのだ。ここで待っている」

生まれて初めての約束だった。こんなふうに誰かと待ち合わせをするなんて。行親は自分でも驚いた。胸の中が温かいものでいっぱいになっていく。

心の中の思いが溢《あふ》れていくかのように、目の前の桜が風にどっと花びらを散らした。

舞《まい》のようなゆったりとした所作で、北斗《ほくと》七星《しちせい》の形を踏《ふ》み、弼星《ひっせい》を踏み、輔星《ほせい》を踏む。これを九星反閇《へんばい》と言う。衣冠《いかん》姿で一心に九回の足捌《あしさば》きを行う行親を、帝《みかど》は心を奪《うば》われたように見つめている。帝は船遊びの前にも、池に向かう道を行親に祓《はら》わせるのだった。

反閇を行っている間は集中していて、行親は何も聞こえない。帝の行く方角に向けて気を凝《こ》らし、穢《けが》れがないように祓うことに心を向けている。

しかし、反閇を終えて下がると、口さがない貴族の男たちがあれこれ言うのが聞こえる。

「あれを見よ。安倍の家の狐が、また帝に張り付いておる」

「あのような所作、誰がやっても同じであろう。なぜいつも安倍の若僧《わかぞう》なのだ」

帝から離れて歩く行親に、誰かが聞こえよがしに言うのが聞こえた。振り向いても、同じようにうっすら笑う貴族の男たちの中、誰の言葉かは分からない。

前を向いて歩き出すと、別の誰かの声がした。

「寵童《ちょうどう》にしては年をとってるが、帝にさぞかし可愛《かわい》がられているのであろう。殿上《てんじょう》するようになってから、あの男、なにやら艶《なまめ》かしくなったぞ」

今度は誰か分かる。源中将だ。唇《くちびる》を歪《ゆが》めている彼と目が合った。行親は急いで顔を背《そむ》ける。

「帝のお気持ちも分からないでもない」

「あの美しい見た目なら、女房《にょうぼう》姿となってもおかしくないぞ」

無視するものの、耳を塞《ふさ》ぐわけにはいかない。それに狐のあやかしである行親の耳は、人よりもずっと多くのものが聞き取れた。

「夜な夜な御帳台《みちょうだい》に呼ばれておるとか」

「帝に御子《みこ》が生まれぬのも――」

「あの色白では、剝《む》けば女人《にょにん》のような肌《はだ》だろう」

やめろ！　と振り向いて叫《さけ》びたくなった。この行列から離《はな》れて陰陽寮《おんようりょう》に戻りたい。行親は天文博士や暦《れき》博士について、もっと学びたいのだ。

夜空に星を見て、その運行を記録し、そこから世の理《ことわり》を学び――。

――星見の宮がここにいてくださったら。

「行親は私の船に乗るように」

帝の言葉に、人々が一斉《いっせい》に行親を振り向く。行親は立ちすくんだ。羨望《せんぼう》や嫉妬《しっと》にまみれた眼《まな》差《ざ》しが、自分を焼き尽《つ》くすかのように思える。

内裏の庭にある池はひろびろとして大きく、姿の良い松を植えた島まである。池の岸はちょうど桜が満開になり、はらはらと花びらを散らしていた。

行親の顔色は冴《さ》えなかった。雲の上と言われる尊い身分の貴族に交じって、竜頭鷁首《りゅうとうげきしゅ》の船に乗り管弦《かんげん》の遊びをする。それも帝のすぐ近くの席で。

参議以上の高位の貴族たちの間で、自分はさぞかし見すぼらしく見えるだろう、と行親は身を縮こめていた。

帝はなぜこんなところにまで自分を引っ張り出すのか、行親は困惑《こんわく》していた。そんな行親の内面にも気づかない、貴族たちの憤懣《ふんまん》と嫉妬の籠《こも》った視線が投げつけられる。

このような貴族的な遊びや振る舞《ま》いに慣れない行親には、拷問《ごうもん》のような時間だった。

「行親よ、見るがいい。花が雪のように散っている。池の面《おもて》にも花が吹《ふ》きだまって、まことに美しい」

行親はやっとのことで目を上げた。

「そなたはまだ若木の桜そのままなのに、花の方はあっという間にたけなわを迎《むか》えたな」

下の衣《ころも》が紅、上が白の桜襲《さくらがさね》の直衣《のうし》をまとった帝は、花の下で、物憂《ものう》げで気品のある美しい姿だった。帝の言葉は無邪気《むじゃき》だが、それを周りは無邪気に受け取ってはくれない。帝と自分の間にはなにもないが、この体を寵愛されていると思われてもしかたがない。

帝と行親から少し離れたところに、帝と同じ母后から生まれた弟宮である東宮《とうぐう》が座っている。東宮はまだ少年の面影《おもかげ》が残り、少しさびしげで美しい方だった。帝よりさらに淡《あわ》い桜襲の直衣を柔《やわ》らかくまとっているところは、花の精のようだった。

帝といい、東宮といい、この兄弟は美しいがどこかはかなげに見え、行親はどうしても不吉《ふきつ》な予感がしてならなかった。東宮の気も美しいが、生命力に欠けて見える。

行親は池を行きかう船の中に、星見の宮の姿を求めた。あの宮の力強い気を見て、この不吉な思いを吹き飛ばしたい。しかしあいにく宮の姿はどこにもなかった。

星見の宮はなぜ来ていないのか？　それを今、帝に訊《き》くと、この穏《おだ》やかで美しい春の日が一《いっ》瞬《しゅん》ですべて台無しになってしまうような予感がする。行親は我慢《がまん》した。

行親はぐっと気持ちを抑《おさ》えて、帝を見上げた。我《われ》ながら媚《こ》びた視線になっているかもしれない、といやな気持ちになった。

「素晴《すば》らしい船に乗り、妙《たえ》なる音楽を聴《き》き、ここはまるで極楽浄土《ごくらくじょうど》のようです」

帝は優《やさ》しく微笑《ほほえ》んで、行親を見下ろす。

「そうか、それは良かった。ではまた乗ろう」

「ありがとうございます」

帝の機嫌《きげん》を取って納得《なっとく》してもらい、少しでも早く船を下りたい。しかし帝は今度は杯《さかずき》を取った。そばにいる女房がすかさず瓶子《へいし》の酒を注ぐ。帝は行親にも杯を取るように言うので、仕方なく一献《いっこん》受けた。行親の鋭敏《えいびん》な耳に、笑い交じりのいやな声が入ってくる。

「あれを見よ。まるで寵姫《ちょうき》きどりだ」

「ほんとうに帝の想《おも》い人なのか？　美しい姿だが、ただの陰陽師《おんみょうじ》であろうに」

「帝は騙《だま》されておるのだ、だってあの者は狐《きつね》――」

ひそひそとささやく声は笑いの中に消えた。嫉妬から来る嘲笑《ちようしよう》の言葉は、行親の心に傷をつけては風に乗り流れていく。

「だってあの者は狐――」と言った後、何を言うつもりだったのだろう？　行親の正体が狐のあやかしだと知っている者は、この内裏にはいないはず。どんなに自分に言い聞かせても、不安が後から後からこみ上げてくる。

行親が解放されたのは、きこし召《め》した帝が気だるげになり、船がようやく岸に着いたからだった。

酒のせいで足元がゆらゆらとしている帝を、思わず行親が支えようとしたが、誰《だれ》かがその手をぴしゃりと払《はら》った。愕然《がくぜん》として払った者の顔を見ると、源中将だった。

「お前のような者が、主上《おかみ》に手を触《ふ》れることはまかりならん！」

手を振《ふ》り払った源中将は、そのまま帝の腕《うで》や背を支える。殿上人である彼は帝に触れることが許されている。そして自分は――。帝が自分の手を取ることはあっても、自分から触れることはならないのだ。

行親はそのまますごすごと下がった。帝のそばにいることは、自分にとっては誉《ほま》れのはずなのだが、少しも嬉《うれ》しくない。こんな理不尽《りふじん》な目に遭《あ》うことが、必ず一緒《いつしよ》についてくるのだ。

そのとき、宮中の賑《にぎ》わいから超然《ちようぜん》と孤立《こりつ》している星見の宮の顔が浮《う》かんだ。彼が星を見ることや宿曜《すくよう》の道に没頭《ぼっとう》するのは、こんな人々の言葉から身を守るためかもしれない。

船から下りた人々は、そのまま酒宴《しゅえん》になだれ込んだ。行親はそっとその場を離れた。宮の姿は結局、宴《うたげ》にも現れないようだ。

宮中での行親には、話しかけてくれる者は誰もいない。誰もかれもが行親よりはるかに位が高く、行親はここでは人間ではないもののように扱《あつか》われるのだ。まるで人外のものであるかのように。

行親は一条の荒《あ》れ果てた邸《やしき》の簀子縁《すのこえん》で、夜を明かして語り合った宮を思い出す。狐のあやかしの自分に、思いがけないほど優しく語りかけてくれた。

――優しい目をしていた。あんな顔をすることがあるのかと驚《おどろ》くほど。

もしかしたら、彼の目には自分は、笹丸のような庇護《ひご》してやらねばならない、白いふわふわした獣《けもの》に見えているのかもしれない。

まるで可愛い子狐《こぎつね》をあやすような、低い柔らかい声だった。

あんな優しさに包まれて過ごしたことはなかった。父はあやかしの血を引く自分には冷淡《れいたん》で、母のことは記憶《きおく》していない。

和泉は自分を大切に育ててくれたが、決して近づき過ぎず、どこか哀《かな》しい目で自分のことを見ていた。

宮のことを考えていると、嫌《いや》な言葉や嫌なものすべてから自分が守られているような気がした。ようやく心の中が落ち着いてくる。はらはらと桜の花びらが散りかかり、行親は微笑んだ。花が降る中で、待っていると言ってくれた。一緒に星を見ようと。

行親に内裏《だいり》の最も奥まったところにある梨壺《なしつぼ》へのお召しが来たのは、船遊びの翌日だった。梨壺は左大臣の娘《むすめ》である、帝《みかど》の女御《にょうご》が住まうところだった。

梨壺の女御は、何かと行親に絡《から》んでくる源中将の姉君だ。行親はいやな予感がした。用件は近頃《ちかごろ》、梨壺の女御も心悪《あ》しくなることがあるので、帝と同じように祓《はら》ってほしいということだった。

梨壺の女御の耳にも、すでに昨日の船でのことは伝わっているだろう。行親が望んだことではないけれど、帝のすぐそばに侍《はべ》る陰陽師はさぞかし見苦しいものと思われているはずだ。

「お召しにより参上いたしました」

行親が梨壺に上がると、大勢のきらびやかな十二単《じゅうにひとえ》を身に着けた女房《にょうぼう》たちがさざめいた。扇《おうぎ》の陰《かげ》でくすくす笑い、行親を見ては、ひそひそと語り合う。行親は平伏《へいふく》しながら、いたたまれなかった。

「まあ、思った以上に見目うるわしいのでは。生まれながらの殿上人《てんじょうびと》の皆様《みなさま》にも負けない美しさではありませんか」

「でも顔立ちが整いすぎて、狐のあやかしのようだと言われてるとか」

耳に入れないようにしようとしても、行親には聞こえてしまう。いつか、このような公《おおやけ》の場で、正体を暴《あば》かれてしまうのではないか。幾度《いくど》も夢に見る恐怖《きょうふ》が蘇《よみがえ》る。

梨壺の女御の姿は御簾《みす》の向こうにあり、行親には全く見ることができない。女房の中でも位の高そうな者が、言葉を取り次ぐ。

「帝の御前《ごぜん》で行うように、反閇《へんばい》とやらをやって見せるがよい」

反閇は舞《まい》のように、人に見せるものではない。見世物《みせもの》と思われていることは心外だが、行親は立ち上がった。梨壺の部屋の中に、さまざまな人の気が渦巻《うずま》く。強く元気な気もあれば、弱々しく疲《つか》れたような気もある。

御簾の向こうからは自分を見据《みす》える、冷たく尖《とが》った気を感じる。この梨壺には、以前帝の部屋にいたような、禍々《まがまが》しいものの姿はない。女御の体を害するような禍《わざわい》の要因はなさそうだ。あるとしたら、女御自身が持つ負の感情そのものでは。そんなことは口には出せないが、行親の心はそう感じる。

御簾の前に立ち、静かに反閇を始める。足を置くべき北斗《ほくと》七星《しちせい》の形を思うと、まわりのざわめきが遠くなり、行親は落ち着きを取り戻《もど》した。星の形を一歩ずつ踏《ふ》んでいると、心が澄《す》んでくる。

反閇を終えて一礼すると、御簾のうちから、声がした。思ったとおり、敵意を含《ふく》んだ尖った女性の声だった。

「反閇というのは、それだけか」

「これだけでございます」

再び平伏した行親は答えた。

「つまらぬ。ありがたくもなにもない。悪しき心地《ここち》も治っておらぬ」

「申し訳ございません」

「女御様、やはりいつもの上人《しょうにん》様のご祈禱《きとう》を待つよりほか、ありませぬ。そろそろ山から下りてこられるはず」

したり顔で取り次ぎの女房が声をかける。行親はその女房から「大儀《たいぎ》であった」と声を掛《か》けられ、そのまま退出した。後ろで女房たちが声を立てて華《はな》やかに笑う声がする。

——まるで大きな失敗をしたかのようだ。

行親はどんよりと曇《くも》る心を抱《かか》えたまま、梨壺を後にした。

——仕方ない。きっと、梨壺の女御様は、私を嗤《わら》いたかっただけなのだから。

帝がひいきにする陰陽師を慰《なぐさ》みものにすれば、何か心が晴れるのだろうか？　行親に言葉をかけた後、女御の気はいっそうとげとげしく、すさんだものになったように思えた。

行親は内裏から出ようとして、ひとりの僧侶《そうりょ》とすれ違《ちが》った。質素な墨染《すみぞ》めの衣《ころも》だが、堂々とした体格の壮年《そうねん》の男だった。

行親は通り過ぎてから振り返った。まるで近衛府《このえ》の武官のような逞《たくま》しさを感じさせる背中、丈《たけ》もある。しかし驚いたのはそれではない。

一瞬《いっしゅん》近づいた険しい表情の僧が放つ気が、ひどく不穏《ふおん》なものに感じられたのだ。僧侶として修行《しゅぎょう》をし、その気が研《と》ぎ澄まされ強くなっているのなら分かるが、仏道に励《はげ》む強さとは思えなかったのだ。強いだけではなく欲望や野心の色だろうか、ただならぬ気配を帯びている。

僧侶も鋭《するど》い眼差《まなざ》しでこちらを振り向いていた。自分の正体に気づかれたか、と行親は身構えたが、彼はそのまま梨壺のある奥へ向かって歩いて行った。

——もしや、あれが梨壺の女御様の待つ上人なのだろうか。

行親は異様な強い気を放つ僧侶を見送った。あれくらい力強い僧侶なら、あの厳しい女御の心を安んじられるのかもしれない、と思った。

「ゆきちかさま、花がたくさんさいてます」

行親の邸の桜も満開だった。夕闇迫《ゆうやみせま》る中、雲のような優《やさ》しい色合いの花を見て笹丸が喜び、散る桜を取ろうと前足を上げ、跳《は》ねまわっている。

行親は桜の下で白い子狐が戯《たわむ》れる姿に、目を細めた。ずっと見ていたいような美しい光景だった。

桜の花の下に立つと、星見の宮との約束を思い出す。

――明日はまた、ゆうづつとして、お目にかかることができる。

澄んだ眼差しで星を見上げている姿を、脳裏《のうり》に思い描《えが》く。

「ゆきちかさま、うれしそう」

宮のことをずっと考えていた行親はどきりとした。急いで笹丸を抱《だ》き上げ、ふわふわの背中に顔を埋《うず》めて隠《かく》す。

「わあ、くすぐったい」

「気持ちがいいな、笹丸の毛並みは」

薄赤《うすあか》く染まる顔を、笹丸に見られないようにする。しかし弾《はず》んでいる心を、笹丸は感じ取るのだろうか。いつになくはしゃいでいた。

夜が更《ふ》けていつものように笹丸と床《とこ》に入ろうとすると、急遽《きゅうきょ》、内裏に来るようにと使いが来た。帝が床に就《つ》こうとしたとき、御帳台《みちょうだい》近くに百足が出《むかで》たという。

さすがに行親も眉《まゆ》をひそめた。百足など、ほんらい珍《めずら》しい生きものではない。内裏でも庭にいけばいるはずだ。しかし帝の寝所《しんじょ》を侵《おか》す百足が何か不吉《ふきつ》な出来事の予兆ではないか、占《うらな》ってほしいと言われると、参内《さんだい》するしかなかった。

行親は和泉を呼んで急いで支度《したく》をし、清涼殿《せいりょうでん》へ向かった。

「行親、よく来てくれた」

憂《うれ》わし気な顔をした帝が、ほっとした表情になった。行親は卜占《ぼくせん》を行ったが、特に不吉な出来事が起きる予兆はない。あやかしの自分の「感じ」の中にも不吉な影《かげ》は何もなかった。

「咎《とが》めなしでございます」

何事も起こらないと告げると、帝はようやく笑《え》みを見せ、内裏女房たちが御帳台で帝が休む支度を整える。

「私が眠《ねむ》るまで、ここにいてくれ」

行親は帝の言葉に戸惑《とまど》うが、女房たちも当然のように場所を空けるので、仕方なく行親は横になった帝のそばに座った。

こんなにも帝の身近にいるから、梨壺の女御の不興を買ってしまうのだと思うが、帝に従うしかない。

「行親、手を取ってくれ」

行親は帝のほっそりと痩《や》せた、力ない手を取る。行親に手を取られて、帝はようやく安らかな寝息《ねいき》を立て始めた。帝の眠りをしばらく見守ってから、行親は退出した。

内裏には下位の貴族が宿直《とのい》するときの控《ひか》えの間がある。身も心も疲れ切った行親は、明るくなるまで、しばらくそこで休もうと思った。

今宵《こよい》は内裏のどこかで、宴会《えんかい》が開かれているようだ。酒宴に興じる騒《さわ》がしい声がする。行親はなるべくそこから離《はな》れたところで、夜明けまでひとり静かに過ごしたいと願った。

建物と建物をつなぐ、屋根のついた長い廊下《ろうか》である渡殿《わたどの》を、誰《だれ》にも見つからないように歩いていたときだった。

「おや、主上《おかみ》のご寵愛《ちょうあい》深い陰陽師殿《おんみょうじどの》ではないか」

ぎくりと行親は立ち止まる。渡殿の向こうの陰《かげ》から姿を見せたのは、源中将だった。

「それとも闇に紛《まぎ》れて狐《きつね》の化けた姿かな。宿直でもないのに、こんな時間におられるとは」

「……主上のお召《め》しで参り、卜占を行っておりました」

一礼してくるりと振《ふ》り向いて去ろうと思った行親は、はっと足を止めた。渡殿のもう一方にも、いやな笑みを浮《う》かべた貴族の男がいる。

行親は奥歯を嚙《か》みしめ、ぐっと拳《こぶし》を握《にぎ》って、その男のそばを走り抜《ぬ》けようとした。しかし男が立ちふさがる。しかもその後ろから、もうひとり、男が姿を現した。

行親は反対方向へ向かって走り、源中将をかわそうとした。しかし源中将の後ろの闇から、別の男がぬっと現れ、行親に足払《あしばら》いをくらわし、引き倒《たお》した。

「うわあっ！」

倒れてしたたかに半身を打った行親は、動けなくなった。痛みに呻《うめ》く行親を、男たちが抱えて、渡殿近くの真っ暗な小部屋へ連れ込んだ。

「や、やめないかっ！」

「ちょうど良いところで出会った。一度、お前の体をあらためたいと思っていたのだ。主上を惑《まど》わす狐ではないか、確かめておかねばな」

源中将が妖《あや》しく含《ふく》み笑いをする。男たちが行親の衣に手をかける。

「放せ！　誰かっ！」

行親は叫《さけ》ぶが、宴会の場からは離れており、誰がこんなところまで来てくれるのか、と絶望的になる。

「さっさと衣を脱《ぬ》がせてみろ」

尾《お》を確かめるだけなら、脱がせるまでもないはずなのに、男たちの手は行親を裸《はだか》に剝《む》こうとする。

「こ、こんなことをして、帝《みかど》を恐《おそ》れないのか！」

「お前は主上のご寵愛の陰陽師かもしれんが、ようやく殿上《てんじょう》を許されたばかりのくせに、我《われ》らに何を言うのだ」

源中将は生まれ付きの殿上人らしく、傲慢《ごうまん》な笑みを浮かべた。

「我らのような生まれは、お前をどんな目に遭《あ》わせようが、咎められることなどないのだ」

でも、帝が……と思うものの、今、この場で帝の名は役に立ちそうもない。直衣《のうし》をはがされ、下の衣《ころも》の前を開かれると、胸元《むなもと》が冷たい空気にじかにさらされた。

「見ろ、夜目にも雪のように白いな。早く指貫《さしぬき》も取れ」

「や、やめろっ！」

下半身を包む指貫の紐《ひも》にも手がかかる。そのとき、小部屋の戸が勢いよく開け放たれ、大音《だいおん》声《じょう》が響《ひび》いた。

「何をしている！」

まるで光の矢のように届く強い気。その気を受けて、行親ははっと目を開いた。素晴《すば》らしくよく響く声にも、聞き覚えがあった。

「そこにいるのは陰陽師安倍行親ではないか？　狼藉《ろうぜき》を働くお前たちは何者だ？　顔をあらためてやるぞ！」

星見の宮の背の高い精悍《せいかん》な姿を、行親は見た。次の瞬間、男たちは激しい勢いで小部屋から走り去った。宮は男たちを追おうとはしなかった。

「今の者たちは何だ？」

後ろを振り返りながら、宮は行親に近づき、床《ゆか》に倒れた姿にはっと目を逸《そ》らす。上半身の衣は取り去られ、指貫も脱げかけている。行親は自分のはだけた肌《はだ》を慌《あわ》てて隠した。

「早く衣を着ろ」

羞恥《しゅうち》に身を硬《かた》くしながら、衣を整えた。宮は背中を向けている。

「危ないところをお救いいただき、ありがとうございます」

行親は硬い表情のまま、宮に礼を言った。

「何かあったのか？　どちらに非があるのか知らんが、大勢で寄ってたかって、お前を手籠《てご》めにでもするつもりだったのか？」

「……」

行親には答えようもなかった。

「あいつらが何者か、知っているのか？」

「……」

源中将は知っているが、ここでその名を告げると、逆恨《さかうら》みされるだけだろうと思った。

「何か恨みでも買っているのか？」

「分かりません」

行親は宮と目を合わせなかった。夕暮れには宮のことを考え、会いたいと願った。しかしそれは狐のあやかし、ゆうづつの話だ。

今、この貴族たちから、手荒《てあら》く扱《あつか》われた姿で会いたくはない。

「お前は内裏《だいり》で目立っておるし生意気に見えるから、若い殿上人たちの妬《ねた》み嫉《そね》みを買っているのだろう」

目立つ？　生意気？　行親は思わず宮を、キッと睨《にら》みつけてしまう。

「そうだ、そんな顔をしているからだ」

「——!」

行親はぎりっと唇《くちびる》を噛む。さきほどの恐ろしさを忘れるほどの悔《くや》しさがこみあげてくる。星見の宮に、こんな言い方をされるのが悔しくてたまらない。

「俺はこんな夜に珍《めずら》しく、清涼殿《せいりょうでん》で安倍行親の姿を見かけたから、あやかしの話でも聞こうと思ったのだが」

宮は行親に睨まれたくらいでは、なんとも思っていないようだった。

「今はそれどころではなさそうだな。早く下がって休んだ方がいい」

そのままくるりと踵《きびす》を返し部屋を出て行こうとして、立ち止まった。

「まだあの者たちが見ておるかもしれんな。送ってやろう」

「いえ、結構です」

「危ないと言っておるのだ。意地を張るな。宮中におる者は意外と執念《しゅうねん》深いぞ」

むっと唇を引き結んだ行親は、宮を見ないようにして早足で歩いた。

「車のところまで送ってやろう。どこにある?」

「……」

からかうような口調の宮が、後を付いてくる。

「お前はいつも生意気そうで、つんけんした陰陽師だな。俺に遠慮《えんりょ》するところもなくて、面白《おもしろ》い」

「……」

狐のあやかしの自分に手を差し伸《の》べた宮。星の話をしてくれた優《やさ》しい宮。そんな姿ががらがらと崩《くず》れてしまいそうだ。

乗ってきた車のところまでたどり着くと、さすがに行親は宮に礼を言った。

「今宵《こよい》はありがとうございました」

「これからは夜は気を付けるのだな。殿上人と言っても、性質《たち》の悪い者は多いぞ」

宮に見送られ、行親は家路についた。

――最初からすぐに帰ればよかった。いくら帝でも、もう夜に呼び出されたくない。帝を恨めしく思う気持ちすら出てきた。

――あの一条の邸《やしき》で会いたい気持ちも、なくなってしまいそうだ。

ゆうづつとして会いたかった宮に、「つんけんした陰陽師」と言われて、今は落胆《らくたん》しかない。源中将たちに狼藉を受けたことよりも、そのことが胸に強く食い込んでいる。

――明日から内裏で会っても、顔をそむけたい。

邸にたどり着き、ぐっすり眠《ねむ》る笹丸の隣《となり》で衾《ふすま》をかぶったときにも、行親はまだ宮に腹立ちを覚えたままだった。

翌朝の目覚めはさすがに遅《おそ》く、行親は日が高くなってから陰陽寮《おんようりょう》に顔を出した。

「遅いぞ。昨夜《ゆうべ》に引き続き、本日も帝《みかど》のお召しだ。覚えがめでたくて、うらやましい限りだ」

陰陽頭《おんようのかみ》、賀茂道経は吐《は》き捨てるように言った。隣に控《ひか》える陰陽助《おんようのすけ》である父は、陰陽頭と行親の双方《そうほう》に冷ややかな目を向けている。

「本日もでしょうか？　何のご用があるのでしょう」

「なにやら、宿曜《すくよう》の暦《こよみ》を陰陽寮の者たちに見せるという話だ。陰陽寮によく口出ししてくる例の宮様もおられるらしいぞ。お前だけでなく、天文博士や暦《れき》博士も呼ばれている」

行親ははっと気が付いた。星見の宮が宿曜の暦を見せてやると言っていたはずだ。それが今日……さらに衝撃《しょうげき》が走る。宮が狐《きつね》のゆうづつに約束した、三日後というのも今日だ。

あのときは気が付かなかった。宮が見せてくれると約束してくれた宿曜の書というのは、まさにこのことではないか。

昼間は陰陽師《おんみょうじ》として宮が見せる宿曜の暦を見て、夜には狐のゆうづつとして、同じ暦を見ることになる。

おそらくは陰陽道と宿曜道の対決のようになり、行親は星見の宮と敵対せざるを得ない……。

心の重さを抱《かか》えたまま、行親は天文博士のところへ行った。人の好《よ》い老人である天文博士は、宮中での出世のことなど全く気にかけていない。天文にしか関心がなく、天文生ではない行親にも快く天文のことを教えてくれる人だった。

「ちょうど良いところへ来てくれた」

天文博士は行親を見て、心からほっとした顔を見せた。

「帝からのお召《め》しがあってな、わしひとりでは心もとないので、誰《だれ》かに一緒《いっしょ》に来てほしいと思っていたが、そなたなら心強い」

「帝の御前《ごぜん》で、陰陽のわざと宿曜のわざ、どちらが良いか比べるのでしょうか？」

「わしは宿曜のことはよく知らぬ。どうか頼《たの》んだぞ」

暦博士もやってきた。貧相な初老の男で、彼ももっぱら陰陽寮に籠《こも》って暦の計算に明け暮れているせいか、帝の御前に出ることへの戸惑《とまど》いが隠《かく》せない。

こちらも天文博士と同じくその道一筋の真面目《まじめ》な男だが、あまり仕事ができる方ではないという噂《うわさ》だった。

今年の暦の出来上がりがひどく遅《おく》れたのは、この暦博士と暦生たちの計算が上手《うま》くいかなかったことが原因だと言われていた。

「我《われ》らではなく陰陽頭が前に出るべきだと思うのだが、今日は我らを前に出すのだそうだ」

暦博士は渋《しぶ》い顔だった。

「陰陽寮で実際の観測や計算を行う者たちに出よとの命だ。どうやら帝だけではなく、あの星見の宮も座に出られるようだ」

「星見の宮は、これまで陰陽寮に来られたことはあるのですか？」

「宮は我ら天文や暦の部門に来ようとして、陰陽頭が止めたという話がある」

「それはなぜ？」

「その頃《ころ》から、宮は宿曜の道に心を寄せているという噂であったしな。陰陽頭も陰陽助も宿曜師を毛嫌《けぎら》いしておる。国にふたつの暦はいらぬと主張しておられてな」

暦博士は深いため息をついた。彼は自分が正しく計算することにしか興味はなく、宿曜の暦と対決すること自体は、誰かに任せたいという気持ちがありありと分かる。

行親に、天文博士と暦博士がすがるように言ってきた。

「頼む。行親なら帝の御前に慣れているだろうし、我らの言うべきことも分かるだろう。我らを助けてほしいのだ」

行親は天文博士、暦博士とともに清涼殿へ赴《おもむ》いた。

帝の御座所《ござしょ》の御簾《みす》の前、僧侶《そうりょ》である宿曜の者と並んでいるのは、星見の宮だった。ひとり抜《ぬ》きん出て背が高く、端然《たんぜん》と座っている。

凜々《りり》しい眉《まゆ》と澄《す》んだ眼差《まなざ》しは、陰陽寮の博士たちを見ても変わらなかったが、行親を見た刹《せつ》那《な》、わずかに揺《ゆ》れた。

——もしや、ゆうづつが私だと気づかれた？

むしろ、ゆうづつの姿だったときに、あんな間近で話し込んでいて、行親と気づかない方がおかしい。髪《かみ》色や狐の耳は違《ちが》うが、顔立ちは同じなのだ。行親の胸はどきどきと鳴った。しかし宮の戸惑いは一瞬《いっしゅん》だった。

　今回は博士たちを前に立てているが、後ろには陰陽頭も父である陰陽助も詰《つ》めている。陰陽寮の重鎮《じゅうちん》たちを見つめる宮の目は険しい。

　行親が殿上《てんじょう》する前から、星見の宮と陰陽寮の間には確執《かくしつ》があったらしい。父を見ていても、陰陽寮の者たちが、星見の宮が言い出したくらいで、陰陽の暦に宿曜の道を取り入れようとするわけもない。

　星見の宮が口を開いた。

「陰陽のわざと宿曜のわざ、それぞれの良きところを合わせた暦を造るべきではと帝に申し上げる。そのために宿曜の者たちも連れて参った」

「宮様におかれましては、国にふたつの暦の並び立つことはないとご存じでありましょう」

　暦博士がおずおずと言った。宮は冷静な口調で返す。

「もちろん知っている。前にさんざんそう言われたからな。本日言いたいのはそれではない。陰陽と宿曜の暦を合わせて、ひとつの暦を造ればよいということだ」

　行親は心の中で声を上げた。それは自分たちが一条の邸で、宿曜の星の図を見ながら語り合ったことだった。

「おそれながら、我らの暦は、この天文博士や学生たちが日々観測した結果をもとに造られるものでございます。宿曜の暦とは、やり方が異なっておるのではないでしょうか」

暦博士の言葉に、宮は眉ひとつ動かさない。

「それも承知の上だ。その上で互《たが》いのやり方を学び合い、新しい暦を造ってはどうかと言っておる」

怜悧《れいり》だが冷酷《れいこく》そうにも見える宮の顔を、行親はつくづくと眺《なが》めた。狐のあやかしに向けた優しい笑《え》みのかけらもない。

今日の宮はきりりと引き締《し》まった顔立ち、澄んだ眼差しで研《と》ぎ澄まされた刃《やいば》のようだ。

理路整然と語る宮の言葉の面白《おもしろ》さに、行親は内心聞き惚《ほ》れていた。

ふたつの異なるやり方を合わせることによって、何が起きるか。良いことはもちろんある。

宮中のさまざまな行事のうち、主要な仏事については密教系の僧侶の多い宿曜師に暦を任せた方が良い。神事には今までの陰陽の暦の方がよいだろう。

しかし宿曜師たちの方は、宮と同じく暦を一緒に造りたいと思っているのだろうか？　そこは疑問だった。直接、陰陽師として宿曜師に聞いてみたい。

行親は夢中になって考えていた。自分はこういうことを宮と一緒に話し、やっていきたいのだ。

――だけど、今日のこの場では、それを言うわけにはいかない。

行親は陰陽師で、同じ陰陽寮の天文博士、暦博士たちの造った暦をもとにして吉凶《きっきょう》を占《うらな》う。宿曜の暦で陰陽のわざができるかも、よく分からない。

行親は、今日この場では何も言うまいと誓《ちか》った。自分が意見を言えば、帝の心はすぐにそちらになびいてしまうだろうと思ったのだ。

陰陽寮《おんようりょう》の者たちは頑《がん》として宮の意見を容《い》れない。宮の顔に明らかにいら立ちが表れていた。御簾のうちにいる帝は何も言わない。話の流れがどこへ行くのか、立場を決めかねているようだった。

それこそめったなことは言えない、行親が改めて気を引き締めているときに、宮の目がこちらを向いた。

「安倍行親はどう思うのだ？」

一座の注目が自分に来る。行親は息を詰めた。

「私は暦博士でも天文博士でもございません」

「だが、卜占《ぼくせん》に暦を使うのであろう？　その結果を帝にお伝えしているはずだ。お前はいつも帝のそばに侍《はべ》って、暦に基《もと》づいて吉凶を判断しておるではないか」

宮だけではない。帝の眼差しが真向から自分を捉《とら》えている。父も陰陽頭も鋭《するど》い目でこちらを見ている。

「私は」と言いかけて、行親は頭が真っ白になった。星見の宮と一緒に、陰陽と宿曜の暦を合わせたものを造りたい。心の望みを理性が食い止める。それは今ここで言うべきではない。

「私は今の暦をもとに占いをし、帝にお仕え申しております」

「星の巡《めぐ》りを互いに学び合い、新しい暦《こよみ》を造るべきとは思わぬのか？」

そうです、造りたい、と心の中で叫《さけ》ぶ。しかし陰陽頭と父が圧のある視線を送ってくる。天文博士や暦《れき》博士は困惑《こんわく》しきった眼差しを向ける。

陰陽寮を裏切るわけにはいかない。

行親は覚悟《かくご》を決めて口を開いた。

「私が使うのは今の陰陽の暦でございます」

言ってしまった……心の奥の望みを裏切る己《おのれ》に、嫌気《いやけ》が差す。そして宮の心中を思うと、胸に鋭い痛みが走る。

宮は落胆《らくたん》を押し隠しているのか、表情を変えない。しかし顔色が蒼白《そうはく》になった。

「その陰陽の暦の占いで、帝《みかど》をたぶらかすのか」

――いけない！　そんな言い方をしては！

口から出た言葉は止めようがない。

行親は何が起こるのか瞬時《しゅんじ》に悟《さと》ったが、どうすることもできなかった。

「行親を侮辱《ぶじょく》するなと申したぞ。二度と言わすな！」

怒気《どき》を発したのは、御簾のうちの帝だった。

「そなた、私がたぶらかされていると申すのか！」

いつも穏《おだ》やかな帝が、竜《りゅう》の逆鱗《げきりん》ともいうべき怒《いか》りをあらわにした。一気に座の空気が凍《こお》り付く。強い眼差しの宮ですら、それ以上口を開くことはなかった。

星見の宮の持ってきた話は、修復しようもないほど壊《こわ》れたのだった。

陰陽頭《おんようのかみ》や父は満足そうなうす笑いを浮《う》かべた。行親は呆然《ぼうぜん》としたまま、帝の前を辞した。

清涼殿《せいりょうでん》から出た行親はぎくりと足を止めた。星見の宮が目の前に立ち塞《ふさ》がっている。さっきと同じく蒼白な顔は、内心の激しい憤《いきどお》りと落胆を示している。

行親は深く頭を下げて、まずは昨夜《ゆうべ》の礼を言った。

「昨日はありがとうございました」

「無事で何よりだ。昨日の狼藉《ろうぜき》者は兄上に捕《つか》まえてもらったか？」

行親はかぶりを振《ふ》った。そんなことを帝に頼《たの》むつもりはない。

「お前はほんとうに今の暦でよいと思っておるのか？」

ふたりきりのときには、さっきと同じようにきっぱりとは言えなかった。

「……陰陽寮の暦博士が造ったものでございます」

「陰陽寮の造る暦が必ずしも正しいとは決まっておらん。間違った暦で占いをしたら、占いは誤りではないのか？」

「……」

「俺は今の暦は間違っていると思う。誤りがあるのなら、それをただすのが、陰陽師の役目であろうが」

行親の胸に宮の言葉は刺さった。陰陽寮の暦は正しいのか？　あやかしの自分の感じるところと、暦の示す吉凶が、どうにも合わないように思う、あの嫌《いや》な現象はなんなのか。宮の言う通り、陰陽の暦が間違っているのなら、腑《ふ》に落ちる話だった。

「ほんとうのところ、お前は暦のことをどう思っているのだ？」

自分の意見に応じない行親に落胆して去るかと思った宮は、諦《あきら》める様子もなく尋《たず》ねてくる。

「それはさきほど申し上げました」

「陰陽寮から離《はな》れて、お前ひとりのこととして考えたらどうなのだ？　お前自身の考えを知りたい」

「私の……」言おうとして口をつぐんだ。自分の考えとして出しても、陰陽師である以上、陰陽寮の意見と思われてしまう。しかも帝の寵愛《ちょうあい》の厚い陰陽師の。

「私の意見は同じです」

今度はあからさまに落胆の色があった。行親の胸がちりりと痛む。憤りのせいか、宮はひどく辛辣《しんらつ》になっていた。

「主上《おかみ》をたぶらかす陰陽師だとすると、安倍の家はやはり狐《きつね》のようなものか？」

行親はキッとなって宮を睨《にら》んだ。いくら宮でも、言っていいことと悪いことがある。

「われら安倍家の祖先に、そのような話があったと聞いてはおります。それに狐はそれほど悪い生きものでしょうか？　宮様は実際に狐に悪さをされたとでも？」

　宮の顔にためらいの色が広がった。今、その頭の中に白狐ゆうづつの姿がありますように、と行親は祈《いの》った。

「お前は狐のあやかしを知っているのか？」

　ふいの宮の言葉に、胸の奥がどきりとする。しかし、宮の顔は、自分の正体に気づいたものではなさそうだった。行親はほっとすると同時に落胆した。

「あやかしは都にはたくさんおります。狐も狸《たぬき》も」

「白狐だ。白銀の髪《かみ》に白銀の耳の――」

　お前に似ているとでも言おうとしたのだろうか、宮の顔に逡巡《しゅんじゅん》が浮かび、それ以上の言葉はなかった。行親はわざと宮を睨んだ。狐よばわりされて怒《おこ》っていると思われるのは、好都合だった。

「狐のあやかしは白狐が多いのです」

　そっけなく言って一礼し、宮のもとを立ち去った。宮から離れてからの方が、胸がどきどきとしてくる。自分の正体に気づかれなかっただろうか。

　――それにしても鈍《にぶ》い御方《おかた》だ。こんな目の前にいて話しながら、本人に気がついていないとは。

　離れてから、そっと星見の宮の方を振り返った。背筋がすっと伸《の》び、威風堂々《いふうどうどう》とした宮の姿は、いつもに比べて翳《かげ》りがあるように見える。

誇《ほこ》り高い人が、さっき帝の御前《ごぜん》で完膚《かんぷ》なきまでに否定されて……。行親は去りゆく宮の姿をじっと見つめていた。

狐のことをあんなふうに言われると、やはり悔《くや》しい。しかし今は自分のことだけでなく、宮の心の悔しさも感じる。

宮は自分の宿曜《すくよう》の知識の中から、暦の誤りに気づき、それをなんとかただそうとしている。わざわざ宿曜師たちを呼んできたのも、そのためだ。

彼は純粋《じゅんすい》に暦を改善したいと思っているだけなのだ。その思いを自分たちは踏《ふ》みにじってしまった。

──宮と一緒《いっしょ》に正しい暦を造りたい。

胸が痛くなるほど、そう思う。暦博士を説得して、そうすべきではないか。いくら陰陽頭や陰陽助《おんようのすけ》の父が反対しようとも。行親の中で出口のない思いが、行き場を求めてぐるぐると巡《めぐ》る。

──せめて私だけでも宮の味方をしたかった。

今さらのように申し訳なさが胸を焼く。宮に謝りたい。一緒に暦について学び、ともに新しい暦を造りたい。そう言いたかった。

暦博士たちとともに陰陽寮に戻《もど》ると、陰陽頭も父も機嫌《きげん》が良かった。

「あの偉《えら》そうな星見の宮から何の反論も出なかったな。お前が一緒に行ったのも役に立った」

珍《めずら》しい父の褒《ほ》め言葉にも、行親の気持ちは晴れない。

去り際《ぎわ》に見た宮の横顔が、胸に焼き付いたように離れない。孤立無援《こりつむえん》の寂《さび》しさが、目元ににじんで見えた。

——私があのような顔をさせてしまったのだ。

あの場で行親が帝に、宿曜師と一緒に造暦を行いたいと申し上げれば——事態は変わっていただろうか？　しかし行親は、陰陽頭の賀茂道経と陰陽助の父が強硬《きょうこう》に反対して食い止めただろうとも思った。

こうなるしか道はなかったのだと自分に言い聞かせながら、行親は陰陽寮《おんようりょう》を出て、都大路を歩いた。

うっすら暮れてきたが、牛車《ぎっしゃ》や人が賑《にぎ》やかに行き交《か》っているので、外れた道に入ってみた。内裏《だいり》近くは高位の貴族の邸《やしき》が立ち並び、どこからともなく桜の花びらが風に乗って流れてくる。

行親は手のひらで桜の花を受けた。

〈また会おう——ここで待っている〉

まるで子どものように屈託《くったく》のない星見の宮の言葉が、耳の奥をくすぐり、蘇《よみがえ》る。今日対峙《たいじ》したときには、決して出てこなかった甘やかな響《ひび》き——。

約束の三日後は今日だ。

あの場所では見ることもできなかった宿曜の暦。宮がゆうづつに見せてくれると言ったのも、それだろう。

——こんな気持ちのまま、宮に会いに行ってもいいのだろうか。

ためらいはある。深い罪悪感を持ったまま宮に会って、前のときのように楽しく話ができるだろうか。

しかし行親の足はいつの間にか、一条の邸の方へ向いた。風に舞《ま》う花びらを追っていけば、宮がそこにいるような気がする。

見覚えのある築地塀《ついじべい》の破れからそっと忍《しの》びこむ。数歩入っていくだけで、行親の全身の血が潮騒《しおさい》のように鳴った。

簀子縁《すのこえん》に座り高欄《こうらん》に寄りかかっているのは、まっすぐ伸びた杉《すぎ》の木のような、堂々として気品ある男の姿だった。

白皙《はくせき》の顔はいつもと同じ強い意志を感じさせるものだったが、瞳《ひとみ》がいいようもない愁《うれ》いを帯びていた。庭の桜は花をしきりに降らせているが、星見の宮の視線は別のところに向けられていた。

宮が見つめるものは、ちょうど空の中で一番明るく輝く夕星《ゆうづつ》だった。行親は切なく胸が疼《うず》いた。

今日のことを宮に詫《わ》びたいと思う気持ちと、もうひとつ別の——何かじれったいようなものが胸の中でうごめいているのだ。

行親は木の陰《かげ》で呪《しゅ》を唱え白狐の姿に戻り、高欄に近づいた。かさりと草を踏む音に、宮がこちらを向いた。その顔がぱっと輝いた。

「ゆうづつ。来てくれたか！」

子どものように高欄から手を差し伸べる星見の宮に向かって、行親は地面を蹴《け》った。狐のあやかしに戻った姿は鞠《まり》のように軽々と弾《はず》んで、高欄を軽く蹴り、宮の腕《うで》の中に飛び込んだ。

「うわっ」と声を上げながら、宮が勢いに押されて倒《たお》れ込む。行親は宮の上に飛び乗るように、重なってしまった。

「あっ、申し訳ございません！」

身を起こそうとする行親を、力強い腕が閉じ込める。動きを封《ふう》じられ、行親は宮の逞《たくま》しい胸や腹の筋肉を感じて、体中の血がかっと熱くなった。

「ゆうづつは俺との約束を覚えていてくれた」

自分に言い聞かせるようにしみじみと言う宮の声は、やはり甘い。ゆうづつしか聞いたことのない声なのかもしれない。

「もちろん、覚えてました」と言いながら、行親は胸のどきどきが止まらない。宮の腕がぎゅっと自分を抱《だ》きしめたままで、仰向《あおむ》けに倒れた宮の体を褥《しとね》にしているようなのだ。

「あやかしは軽いものだな。まるで重さがないように跳《と》んでいたぞ。でも血も肉もあるのか、あたたかい」

私もあったかだ……行親は吐息《とい》をついた。花曇《はなぐも》りの寒さも忘れるような宮の体の温《ぬく》もり。そして力強くぎゅっと抱きしめられている……。

――抱きしめられるというのは、こんなにも温かくて強い安心感があるものなのか。

生まれてこのかた、誰《だれ》かに抱きしめられたことがない。行親は初めて感じる温もりの中で、改めて気づいた。

父は昔から今に至るまで、そんなことをする人ではない。母とは、生まれると同時に別れを迎《むか》えた。和泉は自分の体に、なれなれしく触《ふ》れては来ない。

行親の体をこうして抱いたのは、星見の宮が初めてなのだ。

宮は無言で行親を腕の中に包んだままだ。行親は宮の心臓の鼓動《こどう》を聞きながら、しばし夢心地《ゆめごこち》だったが、はっと心づいた。

――こんな、恐《おそ》れ多いことをしてはいけない。

「花が満開ですね」

大きな声を上げて身を起こそうとしたが、また腕の中に戻された。甘く自分の体を縛《しば》る男の腕に、行親は逆らえない。

このままこうしていたいという欲望が、行親の中にじわじわとにじみ出してくる。その甘い感覚に、自分自身が屈服《くっぷく》してしまいそうだ。そんな己《おのれ》を押しとどめなければ。

「あ、あの、北斗様」

宮がかりそめで言った名を思い出しながら、必死に語りかける。

「なんだ、ゆうづつ。いい響きだな。ほくともゆうづつも」

宮が昼間の鬱屈《うっくつ》を忘れたかのような、うっとりした声を出す。

「花を……」

「ここから見えるではないか」

行親を抱いたまま、宮は高欄の隙間《すきま》から指さす。ちょうど視線の先に、花を散らす桜があった。その少し上に明るく輝く夕星も見える。

「素晴《すば》らしい景色だ。お前の名の星も見える」

宮が行親の頭に顔を埋《うず》めるようにして、髪《かみ》の匂《にお》いを嗅《か》いだ。そんなことをされると、胸の鳴る音がいっそう激しくなる。

「花のような匂いもする。こんな美しい宵《よい》は初めてだ」

宮は深いため息をついた。昼間のことを蒸《む》し返すのは気が引けるが、行親は小声で訊《き》いてみた。

「お疲《つか》れなのですか？」

「狐《きつね》のあやかしのくせに、人の体の心配をするのか？　おかしなやつだ。弱った奴《やつ》がいたら、そいつの魂《たましい》を喰《く》ってしまえばいいのに」

「私はそんなことはしません！」

むきになって言うと、宮は喉《のど》の奥でくくっと笑った。

「不思議だ。人と話をするより、あやかしのお前と話をする方が心安らぐなんてな」

宮にこんな言葉を言わせているのは、きっと自分が帝《みかど》の御前《ごぜん》で言ったことが原因だ。申し訳なさに、行親はぎゅっと目をつぶった。

「人の世はつらいものなのでしょうか」

「そんなこと、狐のゆうづつは知らなくていい」

ほんとうは知っている。人の世につらいこと、思うままにならないことが、数えきれないほどあることは。

抱きしめられながら、行親は目の奥が熱くなった。宮を慰《なぐさ》めたいと思っていたのに、宮のこの腕にどれだけ心を癒《い》やされているか。

「今日のお前こそ、どうしたのだ？　つらいことでもあったのか？」

宮の指が優《やさ》しく行親の髪を梳《す》く。無骨で無粋《ぶすい》なはずの男が見せる甘やかなしぐさに、心溶《と》かされてしまいそうだ。行親はうっとりと身を任せていたい欲望と闘《たたか》いながら焦《あせ》った。

桜吹雪《さくらふぶき》がふたりの体の上に降りかかる。このまま花びらに埋《う》もれてしまいたい……行親がそう思ったときだった。

宮が行親を腕に閉じ込めたまま、身を起こした。行親は声を上げる間もなく抱《かか》え上げられ、邸の奥へ連れて行かれた。暮れがたの日の光も届かない奥へ。

「ほ、くとさま？」

「北斗でいいと言ったろう」

宮は衣《ころも》の一枚を床《ゆか》に広げ、行親の体を横たえる。宮の動作の意味を悟《さと》り、行親は息を呑《の》む。

宮の唇《くちびる》が近づき、行親の唇に重なった。一瞬《いっしゅん》、目を見張った行親はすぐにぎゅっとつぶった。

重なった唇から舌が入り込み、行親の舌にじゃれつくように触れ、口腔《こうこう》の奥深くまでなぞろうとする。

唇を合わせるだけでどきどきするのに、舌に深々と侵入《しんにゅう》されると、行親は背徳感と恥《は》ずかしさでいっぱいになった。

しかも「ふぁっ」と自分から洩《も》れる息が、妙《みょう》にいやらしく聞こえてしまう。

──こ、こんなに、深く入ってくるものなのか……。

優しくも熱い宮の舌に翻弄《ほんろう》され、口づけだけで頭が真っ白になってしまう。がちがちに緊《きん》張《ちょう》する行親に、宮が耳元でささやいた。

「こういうことをするのは初めてなのか？」

声を出すこともできず、こくこくとうなずく。

「怖《こわ》いのか？」

また同じようにうなずく。止《や》めて欲しいと言うべきなのだろうか。

宮の動きがふと止まる。このまま終わってくれるのか？　一瞬の期待はあっという間に崩《くず》れた。宮の唇が行親の白い狐の耳を食《は》むようにくすぐった。熱い吐息とともに低い声が、耳から心の奥に喰いこんでくる。

「俺はお前を可愛《かわい》がりたい」

びくりと行親の体が跳《は》ねた。耳の奥がどこかに繫《つな》がっているように、低い声が入ってくるだけで、稲妻《いなずま》が走るように体が反応する。

「怖くないようにする。優しくしよう」

その言葉が怖い。ひどく優しいのに怖い。自分が、別のものになってしまいそうな気がする。

「お前を愛したいのだ」

こんな言葉は怖すぎる。ほんとうのことなのだろうか？　この人は人間で、自分は狐のあやかしなのだ。

しかし、宮はその狐の耳に向かって、優しくささやきかけ、言葉の合間に唇で愛撫《あいぶ》してくる。行親はじれったいような甘さと、体の奥に溜《た》まってくる切ない感覚に身をよじった。ささやかれているのは耳なのに、体の下の秘《ひ》められた部分がなんだか熱くておかしいのだ。熱いだけでなくむずがゆいような気持ちのよさもある。いつも意識していない部分が固くなっていることに、行親は動揺《どうよう》した。しかも宮の手がふいに指貫《さしぬき》の中を探《さぐ》り、そこ目がけて伸《の》びてきた。

「言葉だけで、もうこんなになっているのか？」

脚《あし》の奥にある若茎《わかぐき》に手を添《そ》え、形を確かめるように触れてくる。

「ひゃっ、あっ」

そのとたん、切なさが弾《はじ》けそうになり、変な声が上がった。

「ここはもう、俺に可愛がられたくて背伸びしているぞ」

「あっ、ま、まって」

宮の大きな手にじかに触れられると、先端《せんたん》から涙《なみだ》のようにしずくがこぼれそうだ。

「何を待つというのだ？」

宮の指が先端を優しく撫《な》でさする。

「ふ、あぁ」

「よかった。ここは俺をいやがっていないな」

手の動きが大きくなり、行親は泣き声を上げた。

「いいぁっ、やっ。だめっ」

「だめなのか？」

動きを止めずに、宮がまた耳を愛撫するようにささやく。その声は少し哀《かな》しげな響《ひび》きがあった。

「お前も俺を拒《こば》むのか？」

宮は何に拒まれている？　何を哀しく思っている？　昼間のことを思い出した。切なく甘い快感に責め立てられながら、行親は宮の瞳《ひとみ》を見ようとした。しかし、宮は自分の耳を甘く愛撫しているので、見ることができない。

宮の手の動きにつれ、行親の腰《こし》も動いてしまう。それは自分でも信じられないような、淫靡《いんぴ》な動きだった。

「気持ち良いのだな」

宮の声に満足そうな響きが混じる。

「さあ、可愛がってほしいと言ってくれ」

「あっ、で、でもっ」

熱いものが出口を求め、今にも弾けてしまいそうだった。しかし宮の指が意地悪く、きゅっと握《にぎ》りこんでしまう。

「や、やぁっ」

「愛してほしいと言ってくれ」

切ない。動きを封《ふう》じたまま、急に止まった宮の指が意地悪い。じれったい。そのくせ、すべてが言いようのないほどに甘い。行親は身悶《みもだ》えしながら声を上げた。

「あ、あいしてくださいっ」

何もかもを宮に委《ゆだ》ねてしまいたい。心の奥の望みに、こんなことはやめるべきではという理

性は負けてしまった。

「思う存分愛してやろう」

再び指に愛撫され、行親は震《ふる》えながら歓喜《かんき》を極《きわ》めた。白く熱いものが宮の手の中に滴《したた》る。

濡《ぬ》れた手を宮が眺《なが》め、微笑《ほほえ》みながら舐《な》めてみせた。

そのときの異様なまでの宮の色気に、行親は再び震えた。すべてを奪《うば》われてしまうのではないか。そんな恐怖《きょうふ》とともに期待が、自分でもおかしいくらいの期待があった。

指貫《ぬ》を脱がされ、うつ伏《ぶ》せにされる。行親は宮に呪《しゅ》をかけられたように、優しく命じる声の言う通りにしてしまう。白い狐《きつね》の尾《お》を宮が優しく撫でさする。

「ふかふかと柔《やわ》らかだな。こんな心地好《ここちよ》いものは初めてだ」

尾だけでなく尻《しり》をしげしげと見つめられているので、行親は羞恥《しゅうち》でいっぱいになった。それに気づいたのか、宮は笑《え》みを含《ふく》んで言う。

「尾は柔らかな毛で覆《おお》われているのに、ここはすべすべと真っ白で絹のような肌《はだ》だ」

尻を撫でられる。その手はそのまま奥へ滑《すべ》り込んだ。指が優しくくつろげたのは、行親が誰《だれ》にも見せたことのない部分だった。

「ここも可愛らしい。花開く前の初々《ういうい》しさだ」

いきなり指を当てられて、行親はびくりと体をすくませる。

「初めてなのは分かっている。ゆうづつ、優しくすると言ったろう」

帝の御前で討論したときと同一人物とは思えないほど、宮は優しい声だった。懐《ふところ》から何か取り出すような音がし、ぬるりと濡れた指が絞《しぼ》られた蕾《つぼみ》の中心に触《ふ》れた。そのままぬらつく指が押し入ってくる。

「ああっ！」

行親は悲鳴を上げた。苦痛というより、衝撃《しょうげき》が大きい。しかし、いったん入りこんだ指は奥深くなっていく。

「油薬を塗《ぬ》っている。痛くないだろう？」

蛤《はまぐり》に入った薬を思いだした。薬のおかげで指が次々に増やされても、圧迫感《あっぱくかん》が増えるだけで苦しくはない。

「熱くて柔らかだ。欲しそうに締《し》め付けてくる」

指が奥を探ると、再び切ない甘さがこみ上げてくる。うごめく指が、ある部分をくすぐるように触れると、行親は声を上げた。

「んあっ、そ、そこはっ」

「ここが良いのだな。体が跳ねるほど」

持ち前の観察力なのか、宮は行親の反応をじっくり見て、どこが良いのかを察知してしまう。

繰《く》り返しそこを愛撫され、行親は甘い声を洩らし続けた。

「ここが良いと、俺が触れなくてもまた勃《た》ってしまうのか」

何も触れないうちに、また行親の茎《くき》は形をあらわにし、濡れ濡れとしてくる。そこにも宮は手を伸ばし、双方《そうほう》を可愛がられた行親は悲鳴のような声を上げた。

「あっ、あう、も、もう、いや」

「いやなのか？　俺はこれから、もっとお前を可愛がりたいのだが」

宮が衣《ころも》を脱ぎ捨て、その逞《たくま》しい体から隆々《りゅうりゅう》とそびえ立つものが、行親の目に入った。それ自体が何かの生きもののように思えて、息を吞《の》む。

「怖《こわ》くない。これで繫がって、お前を愛したいだけだ」

まるで子どもに言い聞かせるように優《やさ》しく語りかけながら、宮は行親の体を開いた。信じられないほど固くて熱い。

押し当てられた熱い塊《かたまり》が沈《しず》んでいくとき、行親は震えた。

愛撫された体は宮の剛直《ごうちょく》を、そのまま吞み込んでゆく。もう恐怖もなく、体験したこともない快感だけがあった。

「あっ、ふあぁっ、い、いいっ」

「ゆうづつ、お前はほんとうに可愛らしいな」

宮が額にうっすらと汗《あせ》を浮《う》かべ、苦痛とも快感ともつかぬ笑みを浮かべる。

「動くぞ」

行親がうなずくと、宮が抽送《ちゅうそう》を始めた。奥へ激しく突《つ》かれ、抜《ぬ》かれ、また深く突き込んでくる。

　これまでの愛撫《あいぶ》とも違《ちが》う、たまらない快感に行親はのけぞった。

「あっ、やっ、もう」

「良いか？」

　しつこいほど訊《き》いてくる宮に、行親は夢中でうなずいた。

「い、いい、き、もちいい、ですっ」

「俺も良いぞ」

　宮の動きがだんだん激しさを増す。

「お前が優しく俺に絡《から》みついてくるのが、たまらない」

　宮の熱っぽいささやきを聞きながら、行親は意識がかすれていく。

「ゆうづつ、お前は」

　最後の瞬間《しゅんかん》、宮は行親を強く抱《だ》きしめる。行親は空に投げ出されたように意識が舞《ま》い上がり、この世の外にある世界をたゆたい、ゆっくりと宮の腕《うで》の中に戻《もど》った。

「ほんとうに可愛《かわい》らしい」

　行親に頬《ほお》ずりをし、満ち足りたように宮が呟《つぶや》いた。

第四章

暁闇《ぎょうあん》の中、行親は目を覚ました。甘く痺《しび》れるような気怠《けだる》さが、全身に残っている。行親はまだ宮の腕の中にいた。

宮の胸に身を置き、静かな深い寝息《ねいき》に耳を傾《かたむ》けた。行親の耳には音楽のように心地よい。

夢かと思った一夜は夢ではなかった。この上ない安らぎと温《ぬく》もり、今まで知らなかったものを知ってしまった。

——こんなことになってしまった。

ゆめうつつの宮が腕を動かし、行親をさらにかき抱《いだ》こうとする。行親は宮に目覚めないように呪をかけ、そっとその腕から抜け出した。自分の衣を一枚脱いで、宮の体にかける。

邸《やしき》の築地塀《ついじべい》の前で呪を唱え、人の姿に戻った。夜明けの風になびいていた銀の髪《かみ》は、固い髻《もとどり》となって冠《かん》の下にある。

五条《ごじょう》にある自分の邸の東の対に、こっそり戻った。行親が寒々とした部屋に入ると、すでに起きていた笹丸が飛びついてきた。

「ゆきちかさま！　どこへ行ってたのですか？」

涙《なみだ》ぐむ笹丸を抱き上げ、冷たい体を懐に入れてやる。

「すまない。昨夜《ゆうべ》は用事があって、帰ることができなかった。許しておくれ」

ひとりしょんぼりと部屋にいた笹丸が、いじらしくなった。懐の中で、笹丸はかぶりを振《ふ》った。

「いいえ、これからはひとりで寝なさいと、いずみさまに言われました」

「……」

「ゆきちかさまは、これからは夜にお帰りにならないこともあると」

行親は頰に血が上るのを感じた。昨夜帰らなかった行親に、和泉はどこかに通う女人《にょにん》がいるとでも思っているのだろうか？

和泉の思うような形ではないだろうけど、行親は人と契《ちぎ》るということを知った。あのように深くて温かく、心満たされるものとは思ってもみなかった。

懐の笹丸がすんと鼻を鳴らした。

「ゆきちかさま、いいにおいがします。かいだことがないような、いいにおい」

宮が焚《た》きしめている薫衣香《くのえこう》の香《かお》りか、行親を抱きしめて放さなかった逞しい体からの匂《にお》いのことを言っているのか。

行親の朝帰りに何も言うこともなく、和泉が朝餉《あさげ》の支度《したく》を運んできた。こんなとき、どんな顔をすればよいのか分からない。行親は食欲もなく味も分からないまま、無言で箸《はし》を動かした。

陰陽寮《おんようりょう》へ行く支度をしているとき、和泉がふいに静かな声で言った。

「若君は今宵《こよい》もお帰りにならないのでしょうか」

どきりと心臓が跳《は》ね上がった。

「今日明日と三日間、お出かけになりますか」

男が三日続けて通うというのは、結婚《けっこん》を意味する。ただしそれは相手が女性であって、自分の場合はそれに当てはまるとも思えない。

「そ、それは……」

行親は動揺《どうよう》し、舌が上手《うま》く回らない。

「笹丸のことはお気になさらずに。通う御方《おかた》があるならば、その方にお心を尽《つ》くされますよう」

たぶん、和泉が想像するような展開ではない。しかし行親はその人に心を尽くし、できうる限り大切にしたい。

「わかった」

和泉に向かってうなずく。今宵も宮が、あの邸で待っていてくれるかは分からないが。

「今日も帰らないと思う」

陰陽寮へ出仕した行親は、賀茂康成につかまった。

「お前は昨夜はどこへ行っていたのだ？　お前の親父様《おやじ》が呼ばれていたのに」

康成の話によると、昨夜遅《おそ》く、梨壺《なしつぼ》の女御《にょうご》に急に物《もの》の怪《け》が取り憑《つ》いたのだという。帝《みかど》から呼び出しがあり、陰陽助《おんようのすけ》である父と、行親の先輩《せんぱい》に当たる陰陽師が向かったのだ。

――父上が行かれたのなら、私が行く必要もないだろう。

物の怪の様子が聞きたいが、陰陽寮の誰《だれ》も、まだその詳細《しょうさい》を知らないようだった。

梨壺の女御には陰陽寮の陰陽師だけでなく、もっとほかに加持祈禱《かじきとう》の僧侶《そうりょ》など、力のある者が付き添《そ》っているはず……と考えたとき、行親は梨壺の帰りにすれ違った僧侶を思い出した。

あの異様なほどの強い気を見せていた僧が祈禱すれば、じきに物の怪は退散するだろうと行親は考えた。

今日は帝は物忌《ものい》みで外出しない日であり、行親が反閇《へんばい》を行う予定もない。陰陽寮で暦《こよみ》についての書を読みたいと思っていた。

机に向かって書を広げるが、行親は自分の思考がちりぢりになることに困惑《こんわく》した。目の前にすぐ、昨夜の星見の宮の顔が浮かんできてしまう。

優しい深い声音《こわね》や、肌《はだ》の上を滑《すべ》る長い指、息もつけないほど強く抱きしめられた感覚……。

気がつくとそれらの幻影《げんえい》を追っている。

――いけない。仕事中に何を考えているのだ、私は。

しかし煩悩《ぼんのう》や妄想《もうそう》としか言えないそれらは、ずっと行親の眼前から離《はな》れず、心を揺《ゆ》さぶってくる。

星見の宮の幻影は突《つ》き詰めれば、ひとつのことになるのだった。

――会いたい。早く星見の宮に会いたい。

仕事中だが、こっそりと式神を放った。式神は邸の中にはもう宮の姿はないと報告した。そして、残されていたひとつの文《ふみ》を差し出した。

契った相手に送る後朝《きぬぎぬ》の文だ。しかし花枝に付けたような優美な文ではない。いかにも星見の宮らしい、上質だが硬《かた》い白い料紙に生真面目《きまじめ》な文字で書いてある。

〈狐《きつね》のあやかしであろうが鬼神《きしん》であろうが、ゆうづつのことだけを想《おも》っている〉

歌のひとつもない、無骨な文だった。行親は宮そのもののようなまっすぐな文を、そっと懐《ふところ》にしまった。

宮の文より薄《うす》いが、白一色の紙に〈今宵も星を〉とひと言だけ書いて、同じところへ置いてくるよう、式神を使いに出した。

いつまで経《た》っても時間が過ぎない。そんな感覚は行親には初めてだった。日が傾くまでが、果てしなく長く感じられた。

夕闇《ゆうやみ》が迫《せま》り、やっと陰陽寮を退出し、一条の邸に向かう。草の生えた築地塀をくぐり、心せくまま、狐のあやかしの姿に戻る。

邸の中に宮の姿はない。しかし式神が置いていたはずの自分の文もなかった。読んでくれているなら、来てくれるだろうか。

庭の桜はだいぶ散ってきた。名残《なごり》の桜が少しの風にも、吹雪《ふぶき》のように花びらを降らせる。行親は桜の花びらを式神に拾わせ、部屋の中に撒《ま》いた。明かりを灯《とも》した中、妖《あや》しいまでの美しさだった。

今宵は夕星《ゆうづつ》の近くに月が出ている。行親は高欄《こうらん》にもたれて月を眺《なが》めた。行親の前に、男の姿が現れた。

「ゆうづつ」

雅《みやび》さのかけらもない、と宮中で言われていたはずの星見の宮だが、夕闇の中に立つ姿は絵から抜《ぬ》け出してきたように美しい。

行親は簀子縁《すのこえん》に上ってきた宮と見つめ合った。どちらからともなく、唇《くちびる》を合わせる。

この一瞬《いっしゅん》、ありえないほど幸せだと行親は思った。

春の夜を過ごすために、式神に床《ゆか》に敷《し》く薄縁《うすべり》と酒肴《しゅこう》を持ってこさせていた。ささやかに酒を酌《く》み交《か》わし、再び星の話や暦の話に熱中する。

「北斗はそんなに星が好きなら、星を見る仕事をしたらいいのに」

行親は知っているくせに、わざと宮にこう言ってみる。宮のような高貴な身分の人間が、天文に関《かか》わるような仕事につくわけがないが。

「俺もしてみたいのだが、なかなか難しいな」

「なぜ?」

小首をかしげて訊《き》くと、宮は苦笑《くしよう》する。

「可愛《かわい》らしくなぜと訊かれても、困るな。仕事として頼《たの》まれることがないので、ひとりでぼんやりと星を見てばかりいた。陰陽寮の中には星が好きな者もいるだろうが、直接話をしたこともない。俺が知っているのは陰陽師くらいだ。そうだ、面白《おもしろ》いことがある」

宮は目を輝《かがや》かせた。

「その陰陽師はつんけんして、いつも俺を氷のような目で見ているのだが、どこか、ゆうづつに似ているのだ」

酒を口にしていた行親は、あやうくむせそうになった。思わず宮を睨《にら》みそうになって、はっと今の自分は行親ではなく、狐のゆうづつだと気が付く。

それにしても宮の口から聞く自分の姿に、ひどくがっかりした。つんけんした、氷のような目をした……自分では、そこまで冷たく宮に対応したつもりはなかったのだが。

「私に似ているのですか？」

行親ではないゆうづつとして、冷たく見えないようにと、ふわりと微笑《ほほえ》んだ。

「顔立ちの感じがな、どこか似て見えたのだ。その陰陽師も整った美しい顔をしている。しかし……やはり違《ちが》う。ゆうづつのような愛らしさはない」

行親は褒《ほ》められて、内心複雑な気持ちだった。宮は内裏《だいり》で会うときとは違って、ゆうづつには甘く優《やさ》しい。

ゆうづつとして可愛がられる心地《ここち》よさに、これ以上溺《おぼ》れたくないようにも思う。しかし宮からの甘い言葉を頭から浴びて、うっとりしていたいのも事実だった。

――今の間だけ。いつまでも続くことではないのだから。

自分の中でついつい妥協《だきょう》し、宮の懐にもぐりこんでしまう。昨夜《ゆうべ》は、落胆《らくたん》していた宮を慰《なぐさ》めたかった。それが動機だった。しかし今は宮の腕《うで》や言葉に、甘く搦《から》めとられている自分がいる。

行親は自分でも自分が信じられない。

――私はこんなにも弱いのか。ほんとうは誰かにすがりたいと思っていたのか。

困惑する行親の頬《ほお》を、宮は優しく両手で挟《はさ》んで見つめる。

「そんな不安そうな顔をしなくていい。お前が狐のあやかしだからといって、人間の俺と結ぶ縁《えにし》はかりそめのものではない」

行親は大きく目を見開いた。

「お前が狐のあやかしであっても、俺はお前が何よりも大切なのだ」

先はない、そう言い聞かせながらも、行親は宮の言葉に酔《よ》いしれる。

一夜共に過ごし、宮の高い鼻梁《びりょう》の美しい横顔を眺めていた行親は、起き上がった。

「今宵も来てくれるな」

立ち去ろうとした行親の衣《ころも》を、星見の宮が摑《つか》んだ。びくりとすくんだ行親に、闇の中でも宮が微笑むのが見えた。

行親はうなずく。

「お前はどこへ帰るのだ？　この近くに住まいがあるのか？」

宮の言葉を口づけでそっと遮《さえぎ》り、再び眠《ねむ》くなるよう、呪《しゅ》をかけて立ち去った。

自邸《じてい》に戻《もど》ると、やはりさびしそうな笹丸がすり寄ってくる。笹丸を撫《な》でながら、行親は今宵《こよい》のことを考え、ひとり頬を染めた。

三日夜《みかよ》続けて通うのは妻問いの作法だ。妻……は自分なのか？　宮の腕に抱《だ》かれていると、確かに自分がその立場としか思えない。

「若君はまた朝のお帰りでございましたな」

和泉が探《さぐ》るような眼差《まなざ》しを向ける。行親は瞳《ひとみ》を逸《そ》らせた。

「大事に想う御方《おかた》には三日夜お通いになることは、ご存じでいらっしゃいますか」

「……もちろん知っている」

和泉はいきなり何を言い出すのだ、と行親は動揺《どうよう》が止まらない。笹丸は、きょとんとした目でこちらを見つめていた。

「ゆきちかさまのだいじなおかたって、どなたですか？」

白いふわふわの笹丸を、ぎゅっと胸に抱きしめて黙《だま》らせた。くるしいです、と言いながらも、笹丸は行親の衣に鼻を押しつけ、嬉《うれ》しそうに抱かれている。和泉は黙って笑《え》みを浮《う》かべて去っていった。

和泉は自分が、どこかの女性のもとに通い出したと思っているに違いない。しかし、星見の宮と自分のことは、普通《ふつう》の男女の縁のようにはいかない。自分は夜ごと出かけているが、普通の妻問いではない。

行親は自分でも戸惑《とまど》い、ため息をついた。お互《たが》い正体を隠《かく》しての縁なのだ。それでも後朝の文を式神に持たせ、邸《やしき》に置くように遣《つか》わした。

朝餉《あさげ》を持って戻ってきた和泉によると、父は梨壺《なしつぼ》の女御《にょうご》のもとへ詰《つ》めたまま、帰ってきていないという。

「梨壺の女御様の物《もの》の怪《け》は、まだ退散していないのか」

「さようにございます」

和泉はどこか面白そうな冷たい口調だった。父に対してはいつもそうだった。

「大殿様《おおとのさま》には、物の怪の退散など無理でございましょう」

「なぜ分かるのだ？」

「大殿様にできるのは、せいぜいあやかしを見つけてそれを避《さ》ける程度のわざ。人に取り憑《つ》く強い物の怪を退治できるようなお力は、お持ちではない」

和泉は父に対してなにかと冷たいが、陰陽師《おんみょうじ》としての力については特に辛辣《しんらつ》だった。

「お前は父上の力を、その程度のものと？」

「若君にもお分かりでしょうに」

行親自身は、父の陰陽師としての技量を自分と比べたことはない。

「私には分からないが」

和泉はうす笑いを浮かべた。

「大殿様はあやかしの力を身に備えたいがゆえに、姫様《ひめ》に言い寄られたのです。しかし、人の身であやかしと同じ力を身に宿すには、その身の器《うつわ》が大きくなければ無理なのです。大殿様は姫様の力を得ることなど、できませなんだ」

行親は驚《おど》いた。今までどれだけ尋《たず》ねても教えてくれなかった、父と母のなれそめの話ではないか。

「父上が母上と契《ちぎ》りを交わしたのは、あやかしの力を身につけたいから……？」

うすうす知ってはいたが、行親にとっては哀《かな》しい話だった。母は父に愛され結ばれたと思っていたかった。しかし和泉は静かに肯定《こうてい》した。

「大殿様は陰陽師として名を上げたい一心で、和泉の森へいらしたのです。その願いは叶《かな》ったのでございましょう」

「母上は――」行親は言いかけて言葉を失った。母の想《おも》いを和泉の口から聞いてしまうと、自分の生まれそのものが、哀しいものになってしまうかもしれない。しかし行親の心の中が、和泉には分かったのだろう。

「姫様は生まれてくる御子《みこ》の幸せのみを、願っておられました」

和泉はまっすぐにこちらを見る。

「若君が幸せになられること、それが姫様のお望みでした。そして和泉もそれだけを願っております」


陰陽寮《おんようりょう》でも梨壺から父と陰陽師が帰ってこないことで、みなが浮き足立っていた。

「お前が行ってきた方がいいのでは？」

賀茂康成は、行親の肩《かた》を抱いてひそひそと話をした。

「呼ばれてもいないのに、私が梨壺へ行くわけには」

梨壺の女御は左大臣の娘《むすめ》であり、源中将の姉だ。梨壺へ伺《うかが》ったときの自分のあしらいや、源中将の自分に対する態度を考えると、行かない方がいいだろう。

「帝《みかど》の前に行って、この話をしてみろ、すぐに呼ばれる。いや、そろそろ帝からの使いがやってくるのではないか？」

「それより、どのような物の怪です？」

康成はいっそう声をひそめた。

「なんでも姿の見えない物の怪が、女御様に淫《みだ》らなことを言いかけているらしいぞ」

行親は目を大きく見張った。そんないやらしい物の怪が、こともあろうに帝の女御に言い寄っているのか？

「しかも、女御様は物の怪に心惑わされ、いとも嬉しげに話をされているそうだ」

父は何をしているのだ。行親は詳細《しょうさい》が聞きたくてたまらない。陰陽師ももうひとりいるはずなのに。

行ってみたいが、自分の領域を侵《おか》された父が、冷たい目で激怒《げきど》するような気がする。邪魔者《じゃまもの》扱《あつか》いされることが分かっていながら、行く気持ちにはなれない。

「帝はどうされているのか、知っているか？」

「帝は外へ出ず物忌《ものい》みをしていらっしゃるらしい。左大臣が陰陽師だけでなく、加持祈禱《かじきとう》の僧《そう》も大勢頼《たの》んで、盛大に護摩《ごま》を焚《た》き、法師たちが昼となく夜となく経《きょう》を唱えているらしいぞ」

「私の出る幕はなさそうだ」

「行かないのか？」

「お召《め》しもないのに伺えば、左大臣様のお怒《いか》りを買うだけだ」

陰陽師たちの落ち着かない様子をよそに、行親は帝のお召しが多くて滞《とどこお》っていた作業に取りかかった。物の怪騒《さわ》ぎから離《はな》れていると集中できる。仕事を早く終えたい。仕事が終わったら

――。

星見の宮の顔を思い浮かべて、行親は恥《は》ずかしくなった。ずっとひとり心の中でそわそわしている。

――今日が三日目の夜。宮が来てくださったら。

宮に早く会いたい。

会って話がしたい。

星の話、暦《こよみ》の話、あの邸で過ごした宮の子どもの頃《ころ》の話も聞きたい。

ふんわりと幸福感に胸が膨《ふく》らんだ行親だったが、ふと気がついた。

――私は自分の話をするわけにはいかない……。

しょせん、かりそめの縁《えにし》なのだ。狐《きつね》のあやかしとして宮と縁を結んでも、先の望める関係ではない。ときめいていた心は急にしぼんでしまった。それでも未練は残る。

――今だけ、ほかは望まないから、今宵だけは宮と一緒《いっしょ》に過ごしたい。

行親の心には、その願いだけがあった。

「今夜は陰陽頭《おんようのかみ》自ら、梨壺の女御様のところへ行かれるらしいぞ」

康成は早速《さっそく》、情報を仕入れてきた。

「では私は帰る」

「そんなにいそいそと帰ってから、どこへ行く。近頃《ちかごろ》のおぬしは怪《あや》しいぞ」

にたりと笑う康成に、行親は慌《あわ》てた。

「な、なにが怪しいのだ？」

「いつも仕事熱心なおぬしが、昨日も夕暮れになると、そわそわしていたではないか。しかもいつも澄《す》ました顔のおぬしに似合わず、幸せそうに微笑《ほほえ》んで」

このの んきそうな男が、こんなに鋭《するど》く自分を見ていたのだ！　動揺《どうよう》し口も利《き》けない行親の肩に、康成はぐいと手を回した。

「姫君《ひめぎみ》より美しいのではと言われるお前も、三日夜通う相手ができたのだろう？　おぬしをそこまで惚《ほ》れさせるのは、どんな美しい女人《にょにん》なのか、俺も拝見したいくらいだ」

どきどきする心臓を抑《おさ》えながら、行親は康成から離れた。

「そ、そんなことはない……」

「ほんとうか？　ほんとうにどこにも行かないなら、俺のうちに来て一杯《ぱい》やるか？」

「いや、それは……」

行親は絶句した。今夜は宮のところに行くのだ。絶対。

「冗談《じょうだん》だ。想う相手のところに行くのだ、お前などと飲めるか、と顔に書いてあるぞ。遠慮《えんりょ》なく行ってこい」

うはははと笑って、康成は行親の背をどんと叩《たた》いた。

——意外に鋭くて驚いた。しかし康成はいい男だな。

さばさばした性格の康成に感謝しながら、行親は早足で歩いた。走り出したくなる。見慣れた古い築地塀《ついじべい》が見えるだけで、胸が高鳴ってきた。

——私はこんなに嬉《うれ》しいのだな？

自分でもおかしいくらい、星見の宮に会えるのが嬉しくてならない。宮がもし、自分と同じくらい嬉しく思ってくれていたら——。

ほとんど花を落とした桜の下に、宮が佇《たたず》んでいるのが見える。遠くからでも、すらりと姿がよいのが分かる。濃《こ》い色の直衣《のうし》の上に、白い花びらが星のようにこぼれる。

そのまま宮へ向かって駆《か》け出そうとした行親は、はっと気が付いて急いで呪《しゅ》を唱えた。冠《かん》と髻《もとどり》は消え、滝《たき》のように銀の髪《かみ》がこぼれる。白狐《びゃっこ》の耳は宮の声が早く聞きたくて、ぴんと立っている。

振《ふ》り向いた宮が行親を見て、花びらと同じくらい白い歯を見せた。

「ゆうづつ！」

駆けてきた行親を、腕《うで》を広げて抱《だ》きしめる。ふたりはしばし桜の木の下で抱き合った。行親は二藍《ふたあい》のつややかな絹の直衣に顔を埋《うず》める。薫物《たきもの》の奥から香《かお》ってくる宮の体の匂《にお》いを嗅《か》ぐ。

行親の首筋に顔を埋めた宮も、ため息をつくように「良い香りだな」と呟《つぶや》いた。

「どんな薫物にも出せないお前の匂いだ」

そんなことを言われるだけで、体の奥が蕩《とろ》けそうになる。甘く優《やさ》しいささやきをずっと聞いていたい。

たった三日のことなのに、自分はこんな甘ったれた、弱々しい生きものになってしまったのか。それでも行親は、宮の腕の中でゆったりと目を閉《と》ざしていた。

「お前が来てくれると思って、ずっと待っていた。こんなに嬉しいことはない」

宮の言葉ひとつひとつに、体の毛の先まで反応する。自分も嬉しくてたまらない。

邸《やしき》に入ったふたりは立ち止まった。行親は式神に言いつけて、部屋に明かりを灯《とも》していた。

その灯火に照らされて、白狐の童子が小さな銀盤《ぎんばん》を持って待っていた。

白銀の耳がぴんと立った切り髪の頭、人形のように整った顔立ち、桜色の水干を着た様子は桜の精のようだ。見たことのない童子――しかし黒いつぶらな瞳《ひとみ》には見覚えがあった。行親の唇《くちびる》から、自然とその名がこぼれた。

「笹丸？」

童子はにこにこ笑いながらやってきた。「ゆき――」と言いかける。

行親は慌てて、童子姿の笹丸のところへ走り寄り、ぎゅっと抱くようにして耳打ちした。

「ゆうづつと呼んでくれ」

「ゆう……なんですか？」

童子の姿をした笹丸は、きょとんと小首をかしげる。

「ゆうでいい。ゆうと呼ぶのだ」

行親と笹丸を、宮が面白《おもしろ》そうに見ている。

「やはりお前の眷属《けんぞく》なのか。白狐の子どもは可愛《かわい》らしいな」

笹丸はぺこりとお辞儀《じぎ》をした。

「こちらをどうぞ」

差し出した銀盤には、桜の花枝を添《そ》えて美しく餅《もち》が盛られている。行親は驚《おどろ》きにものが言えない。宮は嬉しそうに受け取った。

「この餅は……俺が食べてよいのか」

「三日夜《みかよ》の餅でございます」

婚礼《こんれい》の作法である三日夜の餅。普通《ふつう》は妻の方の実家で用意して出されるものだ。行親はそんな作法は、自分たちには関係のないものと思っていた。

「そうか、狐の眷属は、俺たちのことを祝ってくれるのか」

和泉か……彼女のしてくれたことか。行親は呆然《ぼうぜん》としながらも胸が熱くなった。それと同時に困惑《こんわく》した。和泉は行親が、どこかの女人のところへ通っていると思っていたはずなのに。

笹丸が袖《そで》を引いて、耳元でささやく。

「いずみさまは、さくらのせいから聞いたのだそうです。こちらの男君とごけっこんならば、おしたくしなければと言って、ぼくもいっしょに夕方まではたらきました」

桜？　慌てて外に目をやると、すっかり闇《やみ》に溶《と》け込んだ桜の古木の下に立つ女の姿があった。

行親を見て、微笑んで姿を消した。先日の反閇《へんばい》の礼だったのだろうか。

勝手に宮のことまで和泉に告げてしまうなんて……草木の精の裏表のなさに困惑した。彼らは人間の心の機微《きび》など深くは分からないので、ありのままの行親の様子を和泉に教えたのだろう。

行親は和泉が、自分の相手が男の宮であることを知りながら、祝いの支度《したく》をしてくれたことに驚きつつ感謝した。

――和泉と笹丸が祝ってくれるなら、ほかに誰《だれ》も祝福してくれなくてもいい。嬉しい。

それにしても、と改めて笹丸の姿をつくづくと見た。いつの間にこんなにきちんと、人の姿を取れるようになったのだろう。

「笹丸はいつからその姿になれたのだい？」

「ゆ……ゆうさまが帰ってこない夜があってからです。いずみさまとたくさん、れんしゅうしました」

「とても可愛くて立派な姿だ」

嬉しそうな顔をすると、童子のあどけない丸い頰《ほお》に深いえくぼができる。

「ではこれにてしつれいします」

またぺこりと礼をして、笹丸はくるりと後ろを向き、水干から覗《のぞ》く尻尾《しっぽ》が揺《ゆ》れたと思うと姿を消した。

「実に愛らしい狐のあやかしだな」

「しばらく前までは、ほんの子狐《こぎつね》だったのですが」

こんな夜にひとりで邸まで帰れるのだろうか。行親は心配になり、急いで式神を付き添わせた。邸まで迷子にならないように、導いてくれるだろう。

ふたりきりになった部屋には、燭台《しょくだい》や新しい夜具まで置いてある。用意周到《よういしゅうとう》な和泉らしい心配りだった。

「今日はすっかり様子が違《ちが》うな。ずいぶんしつらえがしてある。俺たちを祝ってくれるのか」

満足そうな宮の言葉に、行親も喜びを噛《か》みしめる。宮とこうして過ごせるだけでもこの上なく嬉しいことだが、和泉たちに祝福されているのだ。

銀盤に載《の》った三日夜の餅を見て、宮は首をかしげた。独り身なので、婚礼の作法は知らないらしい。

「三日夜の餅はいくつ食べるものなのだ？」

「確か三つのはず」

「食べたことがあるのか？」

眉《まゆ》をひそめてこちらを見る宮を、行親は睨《にら》み返した。

「まさか」

宮の眉間《みけん》のしわは消えない。いっそう深くなった。

「私が結婚の作法を知っているとおかしいのでしょうか？」

つい口調が尖《とが》ってしまうと、宮ははっとしたように表情を和《やわ》らげた。

「いや、俺を睨んだときの顔が、宮中で知っている者によく似て見えたのだ」

行親はぎくりとした。宮中で会うときの宮には、険しい表情で対峙《たいじ》することが多い。そのときと似て見えるのは当然だ。

——むしろ、いくら狐の姿とはいえ、宮が私に気がつかないのがおかしいくらいだ。

表情が違うとそれほど印象が違うのだろうか。自分を外側から見ることはできないので、行親自身には分からない。

「ではいただこう。三つだな」

「男は三つだそうです」

「女はどうなのだ？」

「決まりはないそうです」

和泉に聞いたことを思いだしながら答えた。

「妻となる方が食べる数は？」

宮の目に、いたずらっぽい笑《え》みが浮《う》かぶ。

「男同士である私たちは、どちらが妻なのでしょうか？」

抱かれている方ではあるが、行親は澄《す》ました顔で宮に聞いた。

「俺は美しい狐のあやかしを、妻問いに来たのだが」

「狐のあやかしが、北斗星《ほくとせい》の精を娶《めと》るとしたら？」

「……それぞれ三つずつ食べることにしよう」

笑い合った後、宮と行親は餅を食べることにした。

「三日夜の餅は噛み切らずに食べるそうですよ」

「丸ごと飲み込むのか？」

行親は銀の箸《はし》を取り、餅を摘《つ》まんで、宮の口元に運んだ。宮は神妙《しんみょう》な顔をして餅を口に入れ、噛まずにごくりと飲み込んだ。男らしい喉仏《のどぼとけ》が大きく動く。

今度は宮が銀の箸を取り、行親の口に運ぶ。ままごとめいた動作をするのが楽しかった。食べ終わると沈黙《ちんもく》が広がった。これまでの行親がひとり部屋で過ごすときとは違い、ふたり向かい合うこの沈黙は、温かく包みこむようなものだった。

宮が手を取る。骨張った長い指の大きな手が、行親のほっそりと華奢《きゃしゃ》な手を握《にぎ》りしめた。

「終生愛することを誓《ちか》おう」

宮の唇から出た言葉に、行親は震《ふる》えた。

命終わるまでの愛の誓い。自分はそれを許される身だとは思えない。人間ではない、半分は狐のあやかしなのだ。行親は唇を震わせた。

「わ、私は狐のあやかしです」

「お前が狐であっても何であっても、終生の愛を誓おう」

その言葉は宮そのもののように、まっすぐだった。ふいに胸の中で泣き声を上げそうになった。目の奥が熱く痛くにじんでくる。

――今の今もあなたを騙《だま》している私に、誓ってくださるのですか？

自分が宮中で嫌《きら》っている陰陽師《おんみようじ》だと知っても、宮は変わらず想《おも》ってくれるのだろうか。

「私がどういう者であっても？」

「そうだ。誓う」

宮の瞳《ひとみ》には静かな中に熱い情熱が灯《とも》っている。北斗星が輝《かがや》く夜空のように揺るぎなく美しいと思って、行親は見入った。

このひとときが永遠のように、自分の人生に刻み込まれるだろう。

「……私も誓います。あなたのことを命の尽《つ》きる日まで愛します」

何があろうと、自分は。

たとえこの関係が、かりそめのもので終わっても。自分だけは永遠にこの人を愛し続ける。

行親は宮の手に自分の手を重ねた。

明け方、行親は宮の腕《うで》の中で目を覚ました。宮はまるで放したら行親がいなくなるのではと思っているのか、いつも行親の体を抱《だ》きしめて眠《ねむ》っている。

自分の身支度《みじたく》で宮が起きないよう、その寝顔《ねがお》に向かって呪《しゅ》をかける。宮の寝顔は安らいでいて、見つめるだけで行親は胸がいっぱいになった。

——少しでもこの幸せが続きますように。

かりそめの縁《えにし》でしかないのかもしれない。それでも今のこの幸せを嚙みしめたかった。これまで生きてきて、こんなに幸せだと思ったことはない。

邸《やしき》を出るときも、行親は後ろ髪《がみ》を引かれて、何度も振《ふ》り返った。桜の花はとうとう終わりに近づき、もう風が吹《ふ》いても落ちる花びらはほとんどない。

宮と別れて邸に戻《もど》った行親は、寝殿《しんでん》の方が異様なざわめきに包まれているのに気がついた。

「大殿様《おおとのさま》がお怪我《けが》をされたそうでございます」

和泉が顔色を変えてやってきた。昨夜《ゆうべ》の三日夜《みかよ》の餅《もち》の礼を言う間もなく、行親は彼女について、父のところへ向かった。

目を閉じた吉行の顔色は蒼白《そうはく》になり、苦痛に満ちた表情で横たわっていた。そばに義母とまだ幼い弟が呆然《ぼうぜん》と座っている。

「父上！」

声をかけると、わずかに目を開いた。

「行親か。どこへ行っていた」という声も苦しげだった。

不在を決まり悪く思いながら、行親は別のことを訊《き》いた。

「どこを怪我されたのでしょうか」

父の意識があることにほっとしながらも、行親は真剣《しんけん》な眼差《まなざ》しで父の体を見回した。胸元《むなもと》をくつろげて布が巻いてあり、血がにじんでいるのが見える。正面から傷を受けたのだ。

「いったい誰《だれ》のしわざなのですか」

「鬼《おに》だ」

行親は大きく目を見開いた。

鬼……隠《おに》とも書く。女御《にょうご》に取り憑《つ》いた物《もの》の怪《け》は姿は見えないが、強大な力を持っていてただものとは思えなかった。父もほかの陰陽師もずっと祓《はら》えなかったのだ。

――それほど力の強い鬼なのか。そして父上は鬼の爪《つめ》にかけられたのか。

父の話によると、女御が物狂《ものぐる》おしい様子になったとき、父がいったん鬼を追い詰《つ》めたかに見えたが、鋭《するど》く巨大《きょだい》な爪で胸をえぐられたという。

「わしの呪でもう少しで姿を現すかに見えたが、恐《おそ》ろしく強い」

「もうひとり陰陽師がついていたそうですが」

「それも鬼の爪に飛ばされたのか、高欄《こうらん》を飛び越《こ》えて庭に落ち、腰《こし》の骨を折ったらしい」

「陰陽頭《おんようのかみ》様は、ご一緒《いっしょ》ではなかったのですか？」

「賀茂道経は逃《に》げ出した」

陰陽頭が逃げ出した？　行親は愕然《がくぜん》とした。

父は苦しげに目を閉《と》ざしたまま命じた。

「お前が行け」

「し、しかし梨壺《なしつぼ》の女御様や左大臣様は、私が行くのを喜ばれぬのでは」

「帝《みかど》の命が来ておる。それに――」と、父はかっと目を見開いた。

「陰陽頭の賀茂が逃げ出しおったのだ。今だ、今こそ、我《われ》ら安倍家の力を見せつけるべきときだ」

「……」

起き上がることもできない、こんなときにさえ、父の頭にあるのは、まず安倍家のことなのだ。行親は鬼気迫《ききせま》る父の様子に息を呑《の》んだ。

「行け」

父は弱々しい声だが、いつものように冷然と言った。行親を心配するようなそぶりはない。義母と弟は怯《おび》えたような目を行親に向けた。

――安倍の家のため……。

複雑な思いでいっぱいになる。しかし行親は東の対に戻り、行く支度《したく》をした。和泉が手伝ってくれた。

怪我をした父が邸に運び込まれたときに、帝や左大臣家から行親への呼び出しも来ていた。行親がいないので和泉が責められたが、彼女は知らぬ存ぜぬで通したらしい。

「和泉、すまなかった」

「なんでございましょう」

「私が昨夜いなかったことだ……。それに、ありがとう。いろいろと私のことを考えてくれて」

和泉は素知らぬ顔で、行親の装束《しょうぞく》を整えていた。

「私だけでなく……あの方も喜んでくれた」

「若君が恥《はじ》をおかきになってはいけませぬから」

素っ気なく言いながら、衣冠《いかん》姿の仕上げをする。淡々《たんたん》とした口調は彼女らしかった。

「それに、笹丸が立派な姿で可愛《かわい》かった」

和泉の唇《くちびる》に、ようやく笑《え》みらしきものが浮《う》かんだ。

「あの子は、しくじりはしませんでしたか？」

「きちんと餅を運んでくれた。宮にもちゃんとお話しできた」

「……宮？　あの男君は宮様でいらっしゃる？」

行親ははっと口を押さえた。和泉は眉《まゆ》をひそめ、怖《こわ》いくらい真剣な顔になった。

「それではお支度が粗末《そまつ》でなかったでしょうか。いくら、かりそめとはいえ、宮様がお相手とは」

「……」

かりそめという言葉が、行親の胸を刺《さ》す。昨夜、宮は「終生の愛を誓う」と言ってくれた。しかし、皇子《みこ》である人間と狐《きつね》のあやかしの仲は、かりそめに終わるしかないのだろう。

「和泉、人との縁は、かりそめにしか結べないのだろうか？」

「人と狐のあやかしとの縁は、いつの世もかりそめのものでございました」

「幸福に添《そ》い遂《と》げることはなかったというのか？」

「はい、和泉の知る限りは。人は人。狐は狐、長く一緒にはいられないものでございます。ことに人の心は移ろいやすく、頼《たの》みがたいものなのです」

かりそめと思いながら、和泉は宮と結ばれた行親を祝福するため、婚礼《こんれい》の三日夜の餅の支度をしてくれた。

そこまでしてくれた和泉に感謝した。しかし行親は感謝とともにいら立ちも覚えた。

「では……私は一生、誰《だれ》とも添い遂げることができないのか。人と狐のあやかしの間に生まれた私は」

和泉から返事はなかった。行親は石のように重い心を抱《かか》えながら、牛車《ぎっしゃ》に向かった。

宮からの後朝《きぬぎぬ》の文《ふみ》が来ているかもしれない。ちらりと頭によぎったが、今はそれに心を奪《うば》われているときではなかった。

内裏《だいり》に入った行親は、急いで梨壺へ案内された。部屋はすでに清められていたが、父の流した血の臭《にお》いが漂《ただよ》っている。明るい陽射《ひざ》しが差し込んでいても、どこかぞっとするような禍々《まがまが》しい気配が残っている。

以前、行親を馬鹿《ばか》にしたように扱《あつか》った取り次ぎの女房《にょうぼう》も、恐怖《きょうふ》にそそけ立っている様子だった。

「女御様のご様子は？」

「今はお休みになっておられます」

鬼はどこへ行ったのか、朝になった今はどこにも気配はない。行親は昨夜、女御のすぐそばにいたという女房に話を聞いた。

「丑《うし》の刻を過ぎた頃《ころ》でしょうか。お休みになっていた女御様が急に床《とこ》に起き直り、物の怪に向かってお声をかけられたのです」

「今までも、そのようなことがあったと聞いてます」

「いえ、それが昨夜は今までよりもっと、その、親しげと申しますか」

女房は顔を真っ赤にした。

「明らかに物の怪が床の中に入ってきたようなのです。女御様に、その、あの」

口ごもる様子になんとなく状況《じょうきょう》を察して、行親は別のことを尋《たず》ねた。

「周りの者たち、陰陽師《おんみょうじ》や加持祈禱《かじきとう》の僧《そう》はどうしてましたか？」

「物の怪が来たときには、みな、体が金縛《かなしば》りにあったように動かなくなるのです。みなが石のように動けぬ間、物の怪と女御様が語らっているようなのですが、昨夜は、その、物の怪がとうとう――。そのときに陰陽師の御方《おかた》のひとりが、飛び込んでこられたのです」

行親は息を呑んだ。女御と床に入った物の怪が我を忘れた一瞬《いっしゅん》を突いて、父が行動を起こしたのだ。しかし父は物の怪の返り討ちに遭《あ》ってしまった。

父は物の怪は鬼だったという。行親はこれまでまだ鬼に出遭《う》ったことはない。しかし話を聞いていると、自分が今まで祓ったものたちに比べ、格段に強力な力を持つものだ。

鬼を祓うには、なぜ、鬼が女御のところに現れるようになったのか、そもそもの始まりを解き明かさなければ。

今の話では、鬼は女御と共寝《ともね》をするためにやってきているらしいのだ。

――女御様に執着《しゅうちゃく》を持つ鬼。いったいどこで鬼は、女御様のことを思い込むようになったのだろう。

左大臣家の姫《ひめ》として生まれ、まだ少女のうちに女御として宮中に入られ、帝《みかど》以外の男と接することもないだろう尊いご身分だ。

――物詣《ものもう》での際にでも、鬼にお姿を垣間見《かいまみ》られ、執着されたのか。

鬼の正体が知りたい。どうしたらそれが分かるだろうかと思いつつ、行親は帝の御前《ごぜん》へ出た。

鬼の騒動《そうどう》が収まらない内裏では、帝はずっと御簾《みす》のうちに籠《こも》っているという。御簾には「物忌《ものいみ》」の札がかかり、帝はめったなことでは出られないということだった。しかし、行親が声をかけると、すぐさま反応があった。

「行親、なぜ、もっと早く来ない」

帝は怯えきった声で、御簾のうちに行親を招いた。

「申し訳ございません」

深く詫《わ》びながら帝を見上げると、数日見ないうちにげっそりと面《おも》やつれしていた。

「鬼《おに》が陰陽頭《おんようのかみ》を取って喰《く》ってしまったとか？」

「いえ、主上《おかみ》、陰陽頭は喰われておりません。陰陽助《おんようのすけ》である父が怪我《けが》を負いましたが、命に別状はございません」

しかし行親の言葉は、帝の耳に入っているとは思えなかった。帝は青ざめた顔を引きつらせながら、「なぜ来なかった」とばかり繰《く》り返す。

女御《にょうご》の物《もの》の怪騒動《けそうどう》の間、帝も物忌みをされ内裏に籠っていたため、行親は左大臣に遠慮《えんりょ》して、しばらく伺候《しこう》しなかった。帝のやつれた顔を見て、それを後悔《こうかい》した。

「行親は私のそばを離《はな》れてはならぬ」

帝の手が強く行親の手を握《にぎ》りしめる。行親の手よりも青白く弱々しく見える帝の手を見て、ほかの手を思い出す。昨夜《ゆうべ》、自分の手を握り、変わらぬ愛を誓《ちか》ってくれた力強い手の主のことが、切なく胸をよぎる。

——いけない。今はそれどころではない。

鬼の正体を解き明かして追い払《はら》い、内裏に安寧《あんねい》を取り戻《もど》さなければ。

御帳台《みちょうだい》で帝が眠《ねむ》りに就《つ》くまで見守り、行親は昨夜鬼に投げられた陰陽師の家まで行った。陰陽師は痛さに時折顔をしかめながら、そのときのことを話してくれた。

「そう、鬼の姿は見えねど、女御様がまるで帝に相対するように嬉《うれ》しげに、いやもっと睦《むつ》まじい感じでおられてな。あの尊い御方も、あのような真似《まね》をするとは、俺も正直驚《おどろ》いた」

女御付きの女房が話せなかったことも、彼はあからさまに語った。まるで恋人《こいびと》を迎《むか》えるような睦言《むつごと》を女御は口走り、姿の見えぬ鬼がその体を開こうとする物音まで、彼はその耳で聞いたという。

「鬼の正体は分からぬのでしょうか？」

「女御様はひどく親しげであったよ。鬼に惑《まど》わされてのことだと思うが、恋しい人と逢《あ》うときのような……まさにその最中、安倍様は呪《しゅ》を唱え、鬼の動きを封《ふう》じたように見えたのだが、近づいたときにぐさりとやられた。俺も安倍様を助けようと、近寄ったところを空に投げられたのだ」

父も鬼の爪《つめ》にかかったのだと言っていた。姿の見えぬ鬼は、陰陽師には情け容赦《ようしゃ》もないが、女御に対しては凶暴《きょうぼう》さを見せず、恋人のように振《ふ》る舞《ま》っている。

この先、また鬼は来るだろうか？　陰陽師の話では、今まさに思いを遂げようとしたところを、父に邪魔《じゃま》されたのだ。

にしようとして。

──鬼はきっと、また女御様のところに来るのではないか？　今度こそ女御様を自分のもの

夕暮れが近づくと、行親は胸が騒《さわ》いだ。星見の宮の顔が、眼前にあるかのようにちらつく。

──いけない。今夜は駄目《だめ》だ。宮にお逢いする暇《ひま》などない。

昨夜のことで、内裏の中は殺気立って、近衛府《このえ》の者まで梨壺《なしつぼ》の辺りに集まっている。加持祈禱の僧侶《そうりょ》、梓弓《あずさゆみ》を持つ巫《かんなぎ》、ありとあらゆる守りの者が集められている。

しかし星見の宮の姿は、内裏の騒ぎの中にはなかった。行親は少しだけほっとした。今、宮の姿を見れば、また心乱れてしまう。今は陰陽師として、この状況を打破することに集中しなければならない。

──今宵《こよい》は私も宿直《とのい》しなければ。

行親は帝に申し出た。

「女御様の衣《ころも》とお髪《ぐし》を数本いただけないでしょうか。私が梨壺で、女御様に成り代わって鬼を待ちたいと思います」

落ちくぼんだ目を光らせながら、帝は言った。

「梨壺で宿直すると申すのか？　ならぬ。そなたは私のもとにいるのだ」

「鬼は梨壺の女御様を狙《ねら》っております。私がそこで待ち受けて、この宮中から鬼を祓《はら》いたいと存じます」

「いやだ。許さぬ。行親は私のもとを離れてはならぬ」

子どものように言い張る帝に困惑《こんわく》し、行親は同じく御前に侍《はべ》る重臣たちに目をやった。

帝以上にやつれて見える左大臣と目が合った。鬼に取り憑《つ》かれた愛娘《まなむすめ》が、心配でならないのだろう。必死に目で頼むと、かすかにうなずいた左大臣が「恐《おそ》れながら」と前に出る。

「今は安倍行親の力に頼《たよ》り、鬼を祓うよりほかありません。何とぞ彼の言うとおりにしてはいただけませぬでしょうか」

しばらく首を横に振っていた帝も、陰陽師、加持祈禱僧、巫の一群が帝のいる清涼殿《せいりょうでん》を守るという左大臣の言葉に、ようやく了承《りょうしょう》した。

女御の衣と髪《かみ》も、左大臣の意向ですぐさま準備された。今まで帝のそばに侍る行親を、忌《い》まましげに見ていた左大臣が、「どうぞお助けくだされ」と切実な声ですがってくる。行親のことを狐《きつね》よばわりしていた息子《むすこ》の源中将も、今は行親に何も言わず頭を下げる。

「私の力を尽《つ》くします」と行親も礼を返し、梨壺へ向かった。

その夜、女御の御帳台で、借りた衣を引きかぶり、髪を入れた紙包みを握りしめたまま、行親は一睡《いっすい》もしなかった。しかし夜が明けるまで、鬼らしきものは現れなかった。

次の日の夜もそのまた次の夜にも、鬼は現れない。行親はため息をついた。しかし梨壺の見張りを止《や》めるわけにもいかない。

——宮はどうしておられるだろうか。私を薄情《はくじょう》な者とお思いだろう。

あの夜以来、逢うことのできない宮を思い出すと、ずきりと実際の痛みを感じるほど胸が疼《うず》く。ふたりきりの三日夜《みかよ》の誓いを交《か》わした後、姿を現さなくなった狐のあやかしのことを、宮はどう思っているのか。

――お怒《いか》りのはず。いや悲しまれているだろうか。

行親の不安をよそに、鬼が姿を現さないので、宮中の空気も少し緩《ゆる》み、帝も元気を取り戻した。しばらく行われていなかった朝議にも出るという。

梨壺で徹夜《てつや》の見張りをした後、行親は下位の官吏《かんり》が集まる部屋で休もうとした。帝に申し出れば清涼殿の中で休むことも許されただろうが、行親は帝のそばを離れたかった。

渡殿《わたどの》に差し掛《か》かる前で、行親はぎくりと足を止めた。すらりと背の高い、二藍《ふたあい》の直衣《のうし》姿が目に入ったのだ。冠《かん》の下の白皙《はくせき》の顔は、今は冷たくこちらを凝視《ぎょうし》している。

心臓が痛いほど激しく鳴る。

あれほど会いたかった星見の宮だが、今ここでは会いたくなかった。

行親は一歩退いて宮が通り過ぎるのを待った。さっさと通り過ぎて欲しかったが、宮は立ち止まった。

「梨壺に物の怪が出るというのは、まことか？」

「はい」

「お前は見たのか？」

「いえ、まだ見ておりません」

「まだなのに、なぜ物の怪が出るのはほんとうだと言うのだ？」

「私の父、安倍吉行が、物の怪に深手《ふかで》を負わされました。ほかにも陰陽師《おんみょうじ》が怪我をしております」

「では、物の怪が確かに存在するということか」

宮は薄《うす》く笑った。端正《たんせい》な顔がどこか酷薄《こくはく》でなげやりな表情を浮《う》かべる。幾日《いくにち》も眠っていない、疲《つか》れきったようなたたずまいだった。

行親は宮の憔悴《しょうすい》した顔に、ぎゅっと心臓を摑《つか》まれるような痛みを覚えた。あの日以来、一条の邸《やしき》にも行けず手紙も書けていない。

――宮は幾夜もあの邸で、私を待っていらしたのだろうか？

申し訳なさといたたまれなさで、行親はその場で消えてしまいたいような思いになった。

「陰陽師のお前に、俺も頼《たの》みたいことがある」

「……なんでございましょう」

「俺も物の怪に騙《だま》されたらしいのだ。兄上の用が済んだら、俺に取り憑いた物の怪も退治してくれ」

「……物の怪なのですか？」

「兄上は鬼に悩《なや》まされているようだが、俺の方は狐のあやかしだ」

行親は自分の体の震《ふる》えを悟《さと》られないようにするのに、必死だった。

「……」

「よろしく頼むぞ」

打たれたように立ち尽くす行親を残して、宮は背を向けて歩き出す。

後ろ姿にすがって、何百回も謝りたい。そして何千回も愛してると言いたい。

呆然《ぼうぜん》と見つめているうちに渡殿の向こうに宮の姿は消えた。

空いている房《ぼう》の一室に入り、行親は式神を一条の邸にやった。しばらくして、式神はいくつかの文《ふみ》を持って帰ってきた。

宮からの文があの邸の中に置いてあったのだった。文には狐のゆうづつに対する想《おも》いが、硬《かた》い真っ白な紙に宮らしい角ばって無骨な文字で綴《つづ》られていた。

〈あやかしのお前の身に、何か悪いことが起こったのではないか、心配だ〉

〈愛しているから、少しでも姿を見せてほしい〉

〈都での暮らしがあやかしにつらいのであれば、一緒《いっしょ》にどこかの山に行こう〉

〈お前は俺の妻なのだから〉

文の中にはゆうづつを非難する言葉はなく、彼のことを思いやり、会いたいという願いだけが書かれている。

――宮にもう一度、ゆうづつとして会いたい。一度だけでいい。私の心からのお詫《わ》びと……

お別れを言いたい。

ゆうづつに向けられた優《やさ》しい声、力強く抱《だ》きしめてくれた腕《うで》、甘く溶《と》けそうな時間のことを思い出すと、心の奥底から哀《かな》しみがこみ上げた。

行親は手につかんだ文の中に顔をうずめて、しばし動かなかった。

星見の宮の姿を思い出したくない。心の苦しみを忘れたい。

少しでも気持ちを紛《まぎ》らわせるために、行親は陰陽寮《おんようりょう》で鬼《おに》についての情報を懸命《けんめい》に探していた。

鬼はなぜ梨壺《なしつぼ》の女御《にょうご》に恋着《れんちゃく》したのか。女御のもとから退散させるためには、どうすれば良いのか。そもそもあの鬼の正体はなんなのか。

行親はひとり内裏《だいり》の文庫に籠《こも》ったり、今は陰陽師を引退した老人を訪ねて、鬼についての話を聞くなど必死に動いていた。

父吉行の傷は深く、今も邸で臥《ふ》せったままだった。陰陽頭《おんようのかみ》はしきりに卜占《ぼくせん》を行っているようだが、彼の示す日時や方角に鬼らしきものは現れない。

——やはり、そもそもの暦《こよみ》がずれているとしたら、占《うらな》いの日時も間違《まちが》ったものになる。

行親は愕然《がくぜん》とし、正しい暦をすぐさま造りたいと焦燥感《しょうそうかん》にかられたが、今はそんな暇《ひま》もない。

女御に憑く鬼の正体を明かし、内裏から追い払《はら》うことが先決だ。

鬼が出た梨壺では、陰陽師たちがあらゆるところに護符《ごふ》を貼《は》り、加持祈禱《かじきとう》の僧侶《そうりょ》たちが護摩《ごま》を焚《た》く匂《にお》いが立ち込めている。

「俺が聞いたところによると、梨壺では陰陽頭と大僧都《だいそうず》が睨《にら》みあっており、女房《にょうぼう》たちは怖《こわ》がって宿下《やどさ》がりをしたり物忌《ものい》みをして、なるべく顔を出さぬようにしているらしいぞ」

賀茂康成は行親にそんな話をした。

内裏での勢力争いは、物《もの》の怪《け》のような目に見えぬ世界の領域に対してもあるのだった。加持祈禱をする僧侶たちと、行親のような陰陽師たちは、帝《みかど》や内裏に集《つど》う貴族たちの依頼《いらい》を前にすると、常に商売敵《がたき》のような状態になってしまう。

梨壺の女御のところへは遠慮《えんりょ》して立ち入れないが、行親は帝付きの女房に頼んで状況《じょうきょう》を調べてもらった。

端麗《たんれい》な行親にうっとり見とれていた女房は、喜んで事情を聴《き》きまわってくれ、新しい情報のために女御付きの女房まで連れてきてくれた。

「女御様が頼みに思う上人《しょうにん》様が、いっこうに姿をお見せにならないのです」

女御付きの女房が洩《も》らした言葉に、行親ははっとした。あの強い気を放つ僧侶だったら、鬼などすぐに退散させられるのではと思っていたのだ。

行親が僧侶について尋ねてみると、女房は詳《くわ》しく事情を話してくれた。

「いつぞや女御様が物の怪で心地《ここち》悪《あ》しくなられていたのが、その上人様のおかげで、すっかり良くなられたのです。しかしこの度《たび》の物の怪騒《さわ》ぎに使いを出しても、庵《いおり》には上人様はおられぬようなのです」

彼女に詳しく聞いてみると、あの僧侶はずっと比叡《ひえい》山の麓《ふもと》に籠って修行《しゅぎょう》を重ねた、徳の高い上人だという。梨壺の女御はしばしば物の怪が取り憑《つ》き、具合が悪くなり、その度に彼が呼ばれて祈禱するとたちまち快癒《かいゆ》したのだった。

以来、上人は何かと女御のもとに来るようになったという。なぜその力ある上人が、この危機に来てくれないのか。

行親はその女房にも物の怪を見たのか尋ねた。彼女は目に見えて青ざめ、うなずいた。

「私どもには姿は見えないのです。ただ、夜半過ぎに生臭《なまぐさ》い風が吹《ふ》き付け、女御様のご様子が変わられるのです。妖《あや》しい気配だけがあたりに満ち満ちて、私どもは体を動かすことができず……。女御様は御帳台《みちょうだい》のうちに入られ、物の怪と物語など……」

そこまで言うと、青ざめていたはずの顔に急に血が上る。行親はそれ以上訊《き》かなかった。前にも別の女房に話を聞いたとき、それとなく察していたが、正気を失った女御は御帳台で鬼と戯《たわむ》れ合ったのだ。

「これまでの物の怪と、今回の物の怪は違うようなのですか？」

「はい。今までの物の怪は、ご不快になったりご病気になったりするだけでした。今回の物の怪は姿は見えないのですが、女御様のご様子を見ると、まるで殿方《とのがた》をお迎《むか》えするかのように振《ふ》る舞《ま》われていたのです」

これまで女御に取り憑いた物の怪より、はるかに力があるらしい。並みいる加持祈禱の僧も父も封《ふう》じることができない鬼だ。果たして自分が退治することができるだろうか。行親の中に勝算はない。

「あの上人様がいらっしゃれば、すぐに物の怪など退治できると思いますのに」

女房の言葉に、ふいに行親の頭の中で何かがひっかかり、結びついた。

女御に執着《しゅうちゃく》する強力な鬼。いなくなった上人。

ただものとは思えないほど、異様なほど強い気を発していた僧侶。

すれ違ったときの鋭《するど》くただならぬ眼差《まなざ》しが、梨壺の女御への深い執着に光る。そんな光景が行親の頭の中にくっきりと浮かんだ。

「女御様と上人は、これまで、直接言葉を交《か》わすようなことはありましたか？」

「女御様がお礼の言葉をかけられたことはございますが」

「お姿を見られるということは？」

「さ、それは……」と女房は口ごもった。

「御祈禱《ごきとう》のときなど近くでしたが、必ず几帳《きちょう》などで隔《へだ》てていたはず」

几帳は薄い布の衝立《ついたて》だ。風が吹けば、すぐあおられてしまう。

——女御様のごく近くに侍《はべ》り、お姿を垣間見《かいまみ》ることもあったかもしれない。まさか、そのときに心をかけ、思いこんだというのか？

あのときの上人の様子の異様さは、すでにこの執着があったからなのか。彼の持つ気が異様なものであったことは分かるが、内容まではそのときの行親には分からなかった。

それでも上人と呼ばれる強い力と信仰心《しんこうしん》を持つ人間が、そこまで執着するだろうか？　人が鬼になる？　しかし陰陽寮に残された話に、そのような内容もあったのを、行親は思い出した。

――鬼になるほどの深い想《おも》い。それを悟《さと》りすました僧が、抱《いだ》いてしまうこともあるかもしれない。

徳の高い上人であっても、生身の人間の男だ。可能性は否定できない。

あの異様なまでに強い気が、女御への激しい妄執《もうしゅう》となってまつわりつく。

女御に執着し、想いを遂《と》げるために、男は鬼になる。

まさかと思いながらも、行親の中の直感は、なぜかその方向に向いていた。そういうときの自分の勘《かん》は、あやかしとしての力が発揮されているときで、自分でも変えることができない。

――今はこの勘を追いかけてみよう。

行親は上人の行方《ゆくえ》を捜《さが》して、女御付きの女房に聞いた場所を訪《おとず》れた。比叡の山近い、人気《ひとけ》もない林の中に庵はあった。しばらく住む人もないような荒《あ》れ方だった。

行親は一応声をかけたが、もちろん応じる者はいない。中へ入ってみた。

小さな仏像が鎮座《ちんざ》する厨子《ずし》が置いてある。その仏像の前に文《ふみ》らしきものがあることに気が付いた。仏の前にあるとは思えないほど、その文からひどく禍々《まがまが》しい気を感じる。

勝手に見てよいものか、少しやましく思いながら、行親は文を手に取り開いた。開いたとたんにぞっと戦慄《せんりつ》し、立ちすくむ。

そこには血と思われる赤黒い字で、「梨壺の女御への想いを遂げるため、我《われ》は生きながら鬼とならん」とあった。

行親は急いで戻《もど》り、父のもとを訪れた。御帳台に横たわる父に、女御に執着した僧侶が、自ら鬼に変化《へんげ》したのではないかという話をした。父は目をぎらぎらと光らせた。

「まさしくそれだ。でかした。お前がこの鬼を退治するのだ。陰陽頭ではなくお前が」

こんなときにも私利私欲をむき出しにする父に、行親は恐怖《きょうふ》すら感じながら尋ねた。

「私がどうやって、鬼を退治したらいいのでしょうか」

「お前なら、鬼の姿が見えるだろうが、斃《たお》すのはお前だけでは難しかろう。帝にお願いし近衛《このえ》府から強者《つわもの》を揃《そろ》えて、弓矢で射殺せ。または刀で心の臓を一突《ひとつ》きに突き刺《さ》すのだ」

行親は父の言葉にぞくりと肌《はだ》を粟立《あわだ》たせた。射るだの刺すだのが、父の言うようにできるのか。父や陰陽師でもかなわなかった強力な鬼を相手に。

行親の知っているあやかしたちは、どれも害を為《な》すようなものではない。動物の精や、草木や器物が年を経て意を持ったものたちだ。行親自身も、人を殺《あや》めたり傷つけるような狐《きつね》のあやかしではない。何かと闘《たたか》ったことなどないのだ。

――ただひとりだけは、私が害を為してしまったかもしれない。

星見の宮の顔がちらりとよぎった。自分が深く傷つけてしまった人。それとて、その体を直接害するものではない。

「いいか。お前があやかしの生まれでも、鬼《おに》は殺せるだろう」

父が平然と言い放つ「殺す」という言葉が恐《おそ》ろしかった。

「私に……そんなことができるでしょうか？」

「やるのだ。やるしかない。やれ」

父が自分の気持ちを汲《く》んでくれることなどない。いつも行親を崖《がけ》に引き出し、飛べと言うだけだ。飛べたらそれは父が命じたからだし、もし落ちて壊《こわ》れてしまっても、きっとそれは行親のせいになるのだろう。

言いようもなく暗い気持ちになりながら、行親は父のもとを辞した。父からは叱咤《しった》激励《げきれい》と安倍家の名を成せという話ばかりで、行親の身を心配するような言葉はなかった。


鬼を退治する。

父は手柄《てがら》を取られないように、陰陽頭《おんようのかみ》の手を借りずに自分でやれと言った。しかし行親はさすがに、自分ひとりでそんなことができるとは思わなかった。

行親は陰陽寮《おんようりょう》へ行ったが、陰陽頭は物忌《ものい》みで出仕していないという。陰陽助《おんようのすけ》である父も床《とこ》に就《つ》いたまま、内裏《だいり》が非常事態だというのに、頼《たよ》れる者がいないのだ。残された陰陽師《おんみようじ》は行親が鬼を退治する話をしても、陰陽頭もいないのにと、不安そうな顔を見せるだけだった。

行親は鬼に立ち向かうために、必要なことがらを調べ集めた。

鬼が梨壺《なしつぼ》に来るであろう日を、卜占《ぼくせん》で調べて予想したい。近衛府の応援《おうえん》を頼《たの》み、弓矢を構える者、刀を持つ者を揃える。できれば鬼に対して力のある武器などを得たい。鬼の力を削《そ》ぐために、あらゆる手立てを打ちたい。

そのためには自分が正しいと思える暦《こよみ》が欲しい。しかし今の陰陽寮の暦博士《れきはかせ》にそれを頼むことはできない。陰陽寮として、すでに正しい暦を世に出したと自負しているのだから。陰陽頭も認めないだろう。

——やはり、宮の持つ、あの暦を見たい。

焦燥《しょうそう》にかられながら、行親は帝《みかど》の前で星見の宮と宿曜師《すくようし》に会ったときのことを思い出す。彼らの暦を見せてもらいたい。もしかしたら、彼らの暦の方が、自分の感じるところに合う暦かもしれない。

だが、今さら星見の宮の前に出ることができるだろうか。いくら宮が自分の正体に気が付いていないと言っても。行親は深いため息をついた。

逡巡《しゅんじゅん》した挙句、行親は勇気を振り絞《しぼ》って、星見の宮に会うために中務省《なかつかさしょう》へ行くことにした。

帝は宮中の身分差などお構いなしに行親を身近に呼んでいて、行親は内裏のさまざまなところへ出入りをしていた。しかし、帝の命のないときは急に地に落とされたように、あらゆるところに手が届かなくなる。

行親は中務省に知り合いもなく、殿上人《てんじょうびと》でもない自分が、いきなり宮を呼び出すわけにはいかない。

——でも時間がない。早く宮に会わなければ。

行親は急いで手紙に事情をしたため、中務省の役人に預けた。宮がすぐ読んでくれることだけを祈《いの》った。

上がることは許されず、行親は外にいた。桜の季節が終わると一気に初夏の陽気となっているが、晴れた空や青葉を眺《なが》めても心は晴れない。

「陰陽師安倍行親。なぜ宿曜の暦が見たいのだ？」

いきなり後ろから声をかけられて、行親はびくりと飛び上がりそうになった。直接現れると思っていなかった星見の宮が、庭の方から現れた。行親の文を手にしている。

すらりと背の高い、水際立《みずぎわだ》った直衣《のうし》姿は、一条の邸《やしき》で過ごした懐《なつ》かしい日のことを思い出させる。行親は熱くにじみそうになる涙《なみだ》をこらえ、表情を押し隠《かく》すのに必死になった。

——こんなに苦しそうな顔をさせてしまっている……。

憔悴《しょうすい》し、心ここにあらずという宮の姿に、心の奥がぎゅっと絞られるように痛む。

「陰陽寮の暦と比べたいのでございます」

「先日、お前たち陰陽の者は、宿曜の暦など要《い》らぬと言わなかったか？」

宮の声は冷ややかだった。行親はただ頭を下げて頼んだ。

「……お願いでございます。急ぐのです」

「何をするのだ？」

「内裏での騒《さわ》ぎを収めるためでございます」

「例の物《もの》の怪《け》か？　お前たちの暦でやればよいのでは」

「お願いでございます。鬼を祓《はら》うために、私にはそれが必要です」

行親は必死に頭を下げた。宮の姿を見ると心が揺《ゆ》れる。今はそのようなときではないので、それを隠す。それに自分の顔も見られたくない。宮が自分にじっと視線を据《す》えているのを感じ、行親は胸がどきどきと激しく鳴った。

「しばし待て」と声をかけ、宮は立ち去った。しばらくして宿曜の暦を持ってきたのは宮ではなく、中務省の役人だった。行親はほっとするとともに、ほんらいの身分の差を思い知る。

たとえ人間であっても、自分は宮と縁《えにし》が結べるような者ではないのだ。かりそめでも、あのように過ごせたことは奇跡《きせき》なのだろう……。

陰陽寮に戻った行親は、宮からの宿曜の暦を見て愕然《がくぜん》とした。一年の始まりの日が異なり、月も日も、ことごとく陰陽寮の暦と異なっている。

しかしすぐさま、行親は燃えるような目をして、式盤《しきばん》を横に宿曜の暦を見ていた。手に入れた梨壺の女御《にょうご》の生まれた日や時刻の情報も合わせて、読み解いていく。

――そうだ、確かに鬼が出たときは、女御様に禍《わざわい》が起きる星の巡《めぐ》り。ほんらいなら重く物忌みをされるべき日だが、女御様はそうされなかった。

陰陽の暦では、物忌みとなっていなかったからだ。方角の守りも当然合っていない、だからやすやすと鬼に入り込まれたのだろう……。

宿曜の暦では禍の起きる日は今日だった。自分の中のあやかしの血も、深く首肯《しゅこう》しているようだ。鬼が入ってくるだろう方角と時刻を確かめ、行親は立ち上がった。

陰陽寮では陰陽師たちが騒いでいた。宮中の宝物蔵《ぐら》で怪《あや》しい物音がするという報告があったという。引き続いて帝からの使者が行親を捜《さが》しにきた。行親は急いで清涼殿《せいりょうでん》へ向かった。

近衛府の協力を得るためには、帝にお願いするしかない。しかし行親は帝に対して、鬼が梨壺の女御に懸想《けそう》している話をするのはためらわれた。

信頼《しんらい》していた加持祈禱《かじきとう》の僧《そう》が鬼だと知られたら、梨壺の女御に恥《はじ》をかかせることになるかもしれない。

行親は御簾《みす》の外から帝に声をかけた。すぐさま、御簾の中に入るよう求められた。

帝はやつれた顔で、行親を膝《ひざ》近くに招いた。ふだんが優《やさ》し気な顔だけに、頰《ほお》や口元がこけて、凄絶《せいぜつ》な影《かげ》を帯びて見えた。

「宝物蔵で怪しの物音がするのだ。この吉凶《きっきょう》を占《うらな》ってくれ」

「ではまず宝物蔵をあらためさせていただけますでしょうか？」

行親は怪音について占う前に、まずは状況《じょうきょう》が知りたかった。

帝《みかど》の周りの高位の貴族の咎《とが》めるような眼差《まなざ》しにさらされながら、行親は帝に従って宝物蔵に向かった。

帝や限られた人間のみが立ち入る宝物蔵は、ほんらいは行親のような身分の者が立ち入れるところではない。

奥まった蔵《くら》に入ると、しんとして暗かった。見張りをする役人によると、宝物を収めた櫃《ひつ》のひとつの中から、ことことと怪しい音がしたのだという。

「この中に収められているのは何でしょうか？」

「この櫃は宝剣《ほうけん》がいくつか収められております」

行親は帝に許しを得て、役人に櫃を開けさせた。数振《すうふ》りの宝剣が入っている。そのひとつが明らかにごとりと動いた。ひときわ大きく、古いが見事な鞘《さや》のものだ。

行親は驚《おどろ》きと緊張《きんちょう》でごくりと唾《つば》を飲み込んだ。全身の毛がぞわりと逆立つ。あやかしの自分には触《ふ》れることも無理だと思った。剣の持つ力が恐《おそ》ろしい。

「主上《おかみ》、この最も大きな古い宝剣は、どのようなものでしょうか」

見えた。

「それは破邪《はじゃ》の剣だ」

行親は宝剣に目をやった。いくつも剣がある中で、それだけが生きている者のように、触れることもできない強い白銀の気を放っている。剣からみなぎる力は、出口を求めているように見えた。

——破邪の剣はきっと宮中に残る鬼《おに》の気に呼応しているのだ。鬼を制するために、自分を使える力を持った方を求めている。

宝物蔵の役人は「破邪の剣は帝の御血筋《ごちすじ》でないと、威力《いりょく》を発揮しないと伺《うかが》っております」と説明した。行親にはこの剣が、帝に直接語り掛《か》けているように思えた。

——取れ！　我《われ》を手に取って、この内裏から鬼を祓え！

「主上、どうぞこの宝剣をお持ちください」

「なに、私がそれを持つのか？」

帝はおそるおそる剣を手に取った。その瞬間《しゅんかん》、行親は驚いた。破邪の剣は、明らかに不満そうに黙《だま》り込んだのだ。しかし行親はそれを口にすることはできなかった。

「このような大剣、私が振《ふ》るうことはできない」

帝は不安そうな声になる。剣と持ち手が釣《つ》り合っていない。帝の血筋を思い浮《う》かべたとき、行親はまた胸がずきりと痛んだ。星見の宮も、帝と同じ先帝の血を引いている。破邪の剣は、あの覇気《はき》に溢《あふ》れた人の手を待っているのかもしれない。

「私の血筋であれば、東宮《とうぐう》に持たせれば良いのか」

「東宮様は年少でいらっしゃいます」

行親は慌《あわ》てて止めた。まだ可憐《かれん》さの残る東宮に持たせるくらいなら、帝が剣を振るうべきだと思った。

ほんとうは星見の宮に剣を取ってほしい。均整の取れた逞《たくま》しい体や、精悍《せいかん》な表情が目に浮かぶ。彼ならば、この大きな剣を自在に振るうこともできそうだ。

「恐れながら申し上げます。二の宮様に持っていただくのはいかがでしょうか」

「二の宮は駄目《だめ》だ」

帝は拒否《きょひ》した。理由もなく好悪《こうお》の感情だけがむき出しの帝に、行親は失望を覚えた。

「この剣を持って、梨壺《なしつぼ》近くに控《ひか》えていただくだけでございます」

「ならば、近衛《このえ》の者に持たせるが良い。二の宮にこの宝剣を持たすことはできない」

「なぜでございます？」

この非常事態に、これに限って自分の言葉を受け入れてくれない帝に、行親はいら立った。

「母后様よりのお達しだ。二の宮を宝剣に近づけてはならないと言われたのだ」

「その理由は？」

「知らぬ。この剣は近衛府の者に持たせよ」

この剣と呼応する帝の血筋に、何か母后様しか知らない秘密があるのだろうか？　それとも自分が産んだ皇子《みこ》以外には、触《さわ》らせたくないというだけなのか？　行親は気になったが、今、それを解き明かす暇《ひま》はなさそうだった。

近衛から選《え》りすぐりの屈強《くっきょう》な武官が集められる。中でも筋骨《きんこつ》隆々《りゅうりゅう》とした男に、破邪の剣は渡《わた》された。

「今宵《こよい》こそ鬼が現れると行親が告げておる。梨壺を守るのだ」

大臣以下、帝の言葉に従った。弓矢を背負った近衛の者がいかめしく立ち並び、優雅《ゆうが》な梨壺はものものしい空気に包まれた。

梨壺の女御の御帳台に、行親はひとり横たわり、目を光らせていた。女御の衣《ころも》をかぶり、紙に包んだ女御の髪《かみ》を懐《ふところ》に忍《しの》ばせ、これを目くらましとして、鬼をおびき寄せる手はずになっている。

御帳台のある部屋の外には、陰陽寮《おんようりょう》から陰陽師《おんみょうじ》たちが詰《つ》めている。加持祈禱の僧や巫《かんなぎ》、近衛府や兵衛府《ひょうえ》の腕利《うでき》きの者たちも控えているはずだ。

夜がしんしんと更《ふ》ける。御帳台の周りは痛いほどの静けさだった。

行親は真剣《しんけん》な顔で、瞳《ひとみ》を闇《やみ》に凝《こ》らしていた。今は鬼の動きに心を集中しなければ、自分の命が危《あや》うくなる。

それでも時折、ちらりと宮のことが心をかすめる。こんな騒《さわ》ぎがなければ、もう少し宮と幸せに過ごす時間があったかもしれない。ふたりきりで過ごした時間は、わずか三日間しかなかった。ほんのかりそめのものでしかない。しかし行親は激しく首を横に振った。

――いや、よそう。過ぎたことを悔《く》やむのは、自分が命を失うときで良い。

鬼は今宵、梨壺まで来るだろうか。行親はため息をついた。待ち続ける時間は精神を消耗《しょうもう》させる。

行親は早くこの待ち続ける緊張から逃《のが》れたかった。しかし卜占《ぼくせん》で出た時間はもっと遅《おそ》い。

――私も執着《しゅうちゃく》がひどくなると、鬼になってしまうのだろうか。

宮への想《おも》いが凝り固まって、鬼となって宮に取り憑《つ》いたら、自分は……。

しかし自分は宮に執着する資格すらないのだ。狐《きつね》のあやかしとしてかりそめの妻となり、宮を騙《だま》していたのだから。

――私は一生たったひとりで、宮の幸せを祈《いの》りながら陰陽のわざをしていくよりほかない。それが宮を騙していた私の、生涯《しょうがい》にわたる罰《ばつ》なのだ。

それに思い出だけは胸のうちに残る。優しい声、熱い手、抱《だ》き締《し》められた体の温《ぬく》もり……。

じりじりする時間が過ぎ、子《ね》の刻を過ぎた頃《ころ》だった。梨壺の部屋の中、ざわりと空気が震《ふる》えた。

行親ははっと瞳を凝らした。卜占で出た方角から、何ものかがやってくる禍々《まがまが》しい足取りを感じる。

「女御《にょうご》様、今宵は邪魔者《じゃまもの》がおらぬようでありがたい」

行親の耳には、物の怪《もののけ》の陰々《いんいん》とした声が聞こえる。そして行親の目には、身の丈《たけ》六尺を超《こ》える、青い鬼の姿が見えた。額に一本の角があり、爛々《らんらん》と目を光らせた彫《ほ》りの深い顔立ち、筋骨隆々とした体つき。

その鬼からは、あの僧侶《そうりょ》の気と同じ色合いのものが、立ち上っていた。顔つきは人外のものでありはるかに恐ろしいが、どこか姿かたちにも通じるところがある。

想いを遂《と》げたい一心で、あの僧侶は鬼と化したのか。人間の業《ごう》は、ときにあやかしよりも恐ろしいものとなる。行親は息を呑《の》んでその姿を見つめた。

行親の目には猛々《たけだけ》しく恐ろしい鬼の姿だが、目を晦《くら》まされた女御には、恋《こい》しい相手に見えていたのだろう。鬼も女御の恋人として、やってきているようだった。

「女御様、いつも恋しいと言ってくださる俺に、お声をかけてはくださらないのか？　愛らしいお声が聞きたいが」

「待ちかねておりました」

行親は疑われぬようにそっと声をかけた。女御の衣と髪を持った行親は、女御の姿を装《よそお》っている。今の声も鬼の耳には、女御の声として届いたはずだ。

鬼は耳まで裂《さ》けている大きな口で、にんまりと笑った。口を開くと鋭《するど》い牙《きば》が見え、その巨大《きょだい》な手には小刀の刃《やいば》のように鋭く尖《とが》る爪《つめ》があった。この爪で父に怪我《けが》を負わせたのだ。

「今宵は先日の小うるさい男はいないようだな。雑魚《ざこ》どもはみな、地に根が生えたように固まっておる。その間に女御様をゆっくり可愛《かわい》がることができるぞ」

行親がかぶっている女御の衣を、青い巨大な手が剝《は》ごうとした。鬼の隙《すき》をついて、行親は呪《しゅ》を唱えた。鬼の動きが止まる。

巨大な血走った目が、ようやく行親に気がついたようだった。

「お前、女御様ではないな!」

行親は続けざまに呪を唱え、鬼の足を釘付《くぎづ》けにし、格子《こうし》のところまで走り下がった。鬼の大きな手が、行親の体すれすれのところまで伸《の》びるが、その腕《うで》は空を切っただけだった。

呪では鬼の動きをとどめるだけで、その息の根を止めることができない。破邪の剣《けん》がなければ。

「今です! 助太刀《すけだち》ください!」

破邪の剣を持つ、近衛の腕利きの男に向かって叫《さけ》んだ。

しかし誰《だれ》も来ない。格子の外を見ると、みな鬼の力で動けなくなっている。行親が鬼の動きを封《ふう》じても、彼らにかけられた鬼の術は破れていない。

破邪の剣の輝《かがや》きは見えるのに、近衛一の腕前の主も剣を手にしたまま、釘付けにされたように立ちすくんでいる。

行親は焦燥《しょうそう》と恐怖《きょうふ》で、全身にどっと冷や汗《あせ》をかいた。自分が近衛府の男の持つ剣を取りに行き、戻《もど》って鬼《おに》を斃《たお》す暇はあるのか。自分が剣のところまで離《はな》れる隙に鬼は力を取り戻し、逃《に》げ去ってしまう可能性がある。

「誰かっ！　その剣を！」

行親は必死に叫んだ。しかし、誰ひとり動ける者がいない。鬼の呪縛《じゅばく》に、顔を引きつらせながら身動きもかなわないのだ。

そのとき、さっと走ってくる人影《ひとかげ》があった。すらりと背が高いその男は、石像のように動けぬ近衛府の男の手から、剣を奪《うば》いとって、こちらに向かって駆《か》けてくる。

見覚えのある姿に、行親は心臓が止まりそうになる。

格子が外から荒々《あらあら》しく倒された。男が踏《ふ》み込んでくる。剣の白銀の光が、自分を貫《つらぬ》くように眩《まぶ》しくきらめいた。

ただの剣とは思えないほど、その光には力があった。星のごとく、それ自体が光を放っているかのように見える。

剣を構えているのは星見の宮だった。

その後ろに近衛の者が大勢控えているが、みな体を動かすことができない。宮だけが剣を振《ふ》りかぶり、鬼に向かって踏み込んだ。

「これが鬼か！」

宮は鬼に殺気立った瞳を据《す》え、真っ向から対峙《たいじ》する。

——宮にはやはり鬼が見えている！

宮は結界を張っていても、狐のあやかしの行親の姿が見えた。今もみなが呪縛され動けない中、宮だけが縦横無尽《じゅうおうむじん》に走り回ることができる。

あやかしである行親すら、いつものように軽くは動けないのだ。やはり宮は強い力を持っており、剣を手にすることで、それは増幅《ぞうふく》されているようだった。

鬼に向かった銀光が一閃《いっせん》のひらめきを見せた後、すさまじい叫び声が響《ひび》いた。

「うおおおうっ!!」

血しぶきが上がり、どさりと音を立てて大きな青い腕が御帳台《みちょうだい》に転がった。禍々しい鬼の気配が一瞬《いっしゅん》にして消えた。

行親は四方を見回したが、鬼はすでに影《かげ》も形もなかった。鬼の腕を断《た》ち切ったが、衝撃《しょうげき》で呪が破られ、鬼には逃げられてしまった。

呆然《ぼうぜん》と見つめる行親に、広い背中を見せていた宮が振り返った。宮に怪我はないようだ。行親はほうっと大きな安堵《あんど》のため息をつきながら、宮に礼を述べた。

「ありがとうございます」

行親の声は宮の耳には入っていないようだった。宮の行親を見る目は、鬼に対峙したときよ

りもすさまじい——信じがたいものを見るそれだった。その唇《くちびる》が動いた。

「ゆうづつ⁉」

行親は凍《こお》りついた。はっとして頭に手をやると、いつの間にか髻《もとどり》がほどけ、髪《かみ》が下りている。

肩《かた》に落ちかかる自分の髪の色は——白銀だ。

目がくらむような破邪《はじゃ》の剣の光を受けた一瞬、行親はほんらいのあやかしの姿に戻ってしまっていた。しかもこの姿を宮に見られた。

「まさか、陰陽師《おんみょうじ》安倍行親は——」

張り裂けそうなほど目を見開いた宮が、虚《うつ》ろな声で呟《つぶや》く。聞きたくない、行親は耳をふさぎたかった。

「狐のあやかしなのか」

鬼の気配が消えたとたん、陰陽師や近衛《このえ》府の者たちも動き出した。行親は慌《あわ》てて呪を唱え、白銀の髪から陰陽師に姿を戻した。周りが慌ただしく走り回る中、渦《うず》の中心にいる宮は、そんな行親をじっと見据《みす》えている。

行親の体はずっと震えていた。宮にとうとう自分の正体を知られてしまったのだ。

「お見事でございます」

わらわらと近衛府の者たちが宮のそばへ寄った。宮は夢から覚めたような表情になった。

「破邪の剣の威力《いりょく》だ。俺の力ではない」

　宮は行親に背を向けた。

「いえ、我《われ》ら近衛の者は体が縛《しば》られたように、動けなくなっておりました。あのとき動けていたのは、二の宮様と安倍行親殿《どの》だけ」

　行親の名に、宮がぴくりと反応した。

「俺が動けたのは、誰かの力が鬼の力を抑《おさ》えていたからだ。安倍殿は——最初に鬼を縛ったのは安倍殿の力であろう」

　安倍殿……淡々《たんたん》とした中に、わずかに皮肉な響きがあった。しかし、宮はみなの前で行親の正体を暴《あば》こうとはしなかった。

　御帳台の横には、硬《かた》い毛のみっしりと生えた青い腕が転がっていた。切り口からはどす黒い血が滴《したた》っている。異形の鬼の体から切り離された途端《とたん》、鬼の腕は人の目に見えるようになった。

　腕を一本失った鬼は、どこへ逃げたのだろう。

　行親は闇《やみ》の中に瞳《ひとみ》を凝《こ》らした。しかし追っていけるような怪《あや》しい気配はまったくない。

　怯《おび》えきった表情の帝《みかど》が梨壺《なしつぼ》までやってきた。鬼の腕を見て、「ひっ！」と息を呑み、足元がふらついた。

「主上《おかみ》！」と叫んで、左大臣が体を支える。しかし帝は彼の手を振り払《はら》った。

「行親、安倍行親はどうした？」

「ここにおります」

行親の姿を見て、帝は安堵したように手を差し伸べ、「無事で良かった」と涙《なみだ》ぐんだ。

「二の宮様が、破邪の剣でお助けくださいました」

行親は宮が持つ太刀《たち》に目をやる。すでに鞘《さや》に納められ、光は放っていない。

「なに？　二の宮がこの剣を手にしたのか！」

帝は非難するような様子を見せた。

「近衛の者が誰も動けなくなっていたのです。二の宮様が剣を手にされなかったら、私も鬼にやられておりました」

行親が帝に説明するうちに、宮は背を向けて立ち去った。

音に聞く宮中の霊宝《れいほう》、破邪の剣の威力をまざまざとこの目で見た。この力ある剣で鬼の力を削《そ》ぐことができた。

しかしこの剣の輝きは、行親のほんとうの姿も暴いてしまった。

——何もかも終わってしまった。

行親が梨壺から下がろうとしたときだった。

「待て」

後ろから冷たく尖った声がし、行親は一瞬、目をぐっとつぶった。振り向くと、宮が見たこともない暗い眼差《まなざ》しでこちらを見ている。

「俺を騙《だま》していたのか。なぜ俺に正体を明かさなかった？」

言葉が出ない。宮の視線から逃《のが》れたい。

「俺と交《か》わした言葉もなにも、すべて偽《いつわ》りだったのか」

ぎゅっと心臓が縮み上がる気がする。行親はその苦痛を必死にこらえた。

「俺はお前を心に決めた相手だと信じていた。たとえ狐《きつね》のあやかしであっても」

そうだ、終生愛すると誓《ちか》ってくれた……行親の喉《のど》のところまで熱いものがせり上がる。しかし声にはならない。

「お前は狐のあやかしの姿を隠《かく》して、ずっと生きてきたのか」

行親はようやくうなずいた。

「これからも陰陽師として、兄上やほかの者たちに、ほんとうの姿を隠してゆくのか」

陰陽師として生きているだけで、人を欺《あざむ》くことになるのだ……宮の冷たい口調に、行親は心の底から震《ふる》えた。

「なんとか言ったらどうだ？　ほんとうのお前は狐のあやかしなのか、人なのか。どっちなのだ」

「……人と狐のあやかし、どちらの血も引いており、どちらでもありません」

「今のお前はまさにどっちつかずだ。陰陽師なのか、狐なのか、俺にも分からん」

ふいに宮の声が苦しげになった。

「俺は偽りだらけのお前を憎《にく》いと思うのか、いまだに想《おも》っているのか分からなくなった」

「憎んでください」

さっと跳《と》び下がった行親は、ひれ伏《ふ》して頭を下げた。

「宮様を狐の姿で騙したのは私です。憎いならば、斬《き》って捨ててくださって構いません」

激情が口をついて溢《あふ》れた。このまま人を騙し生きていくより、この場で宮に斬り捨てられた方がましだ、そう思った。

「何をいう！」

宮は気色ばんだ。

「そんなことができるか」

「人ではないのです」

行親は伏せていた頭を上げた。食い入るような眼差しで宮を見上げた。

「狐のあやかしです。私を斬ってください」

「安倍行親だ、今のお前は」

宮は剣《けん》に手を触《ふ》れることもなかった。

「俺の知っている狐のあやかしではない。俺はあやかしにたぶらかされたのだろう」

最後は力なく言って、宮は去った。行親は地に座りこんだまま、去りゆく後ろ姿を見えなくなるまで見つめていた。

その直衣《のうし》の下から覗《のぞ》く衣《ころも》に、見覚えがあった。行親の心にまた、ずきりと刺《さ》されるような痛みが走る。宮が着ているその衣は、後朝《きぬぎぬ》に自分が宮のために残していったものだ。

宮にすべてを知られてしまった。

行親は生きる気力も何も失った。

悄然《しょうぜん》と邸《やしき》に帰った後のことは、よく覚えていない。その夜のうちに床《とこ》に就《つ》き、寝込《ねこ》んでいた。

帝には鬼《おに》の瘴気《しょうき》にあてられたと言い訳をした。

あの夜以来、梨壺の女御《にょうご》のところへ、鬼がやってくることはなくなったという。女御は正気に戻《もど》ったらしい。内裏《だいり》には平和が戻ったようだった。

左大臣からは礼の品々が届き、帝からは早く出仕するように催促《さいそく》がくるが、行親は病を理由にずっと邸に引きこもっていた。

宮からの便りが来るはずもなかった。当然分かっていたことだが、胸が切なくかきむしられるように痛む。

行親はずっと衾《ふすま》の中に引きこもり、胸の中の宮の顔を追い払おうとした。しかし、それがうまくできない。日に日に宮の面影《おもかげ》が鮮《あざ》やかになっていく。

行親に誓ってくれた真摯《しんし》な瞳が、眼前に浮《う》かんでくる。

〈終生の愛を誓おう〉

優《やさ》しく強い声も耳の奥に蘇《よみがえ》る。

――星見の宮、あやかしに愛など誓《ちか》うものではありません。

行親は心の中でやるせなく呟《つぶや》いた。

「ゆきちかさまは、しゅっしされないのですか？」

笹丸は童子ではなく狐の姿のまま、行親の枕《まくら》もとをうろうろしていた。

「笹丸、お前はせっかく変化《へんげ》できるようになったのに、姿を変えないのか？　童子姿も可愛《かわい》いのに」

行親の言葉に、笹丸はもじもじとした。

「いずみさまが、ゆきちかさまがおやすみなので、いまはやめなさいといわれるのです」

行親ははっとした。和泉は自分に気を遣《つか》い、笹丸にそう言っているようだ。宮と三日夜《みかよ》の餅《もち》を食べたときのことを、自分が思い出さないように。

あの後の自分たちに何があったのか、行親は和泉には話していない。

しかし、かりそめの縁《えにし》がもう終わってしまったことは、行親の様子を見ているだけで和泉には分かるのだろう。

こまやかに気を遣いながらも、和泉は行親に対して、知っているそぶりは見せない。出仕もせず寝所《しんじょ》に閉じこもっている行親を、せかすようなこともない。ただ黙《だま》って、行親のしたいようにさせてくれる。

日に日に木々の緑が色濃《いろこ》くなってくる。行親が久しぶりに寝所から、初夏の日の光を受ける廂《ひさし》の間まで出てきたところ、和泉が菓子《かし》を持ってきてくれた。

宮の懐《ふところ》に入っていた菓子のことをちらりと思いだし、行親は再び切なくなった。宮と菓子を食べながら夜を明かし、天文や暦《こよみ》の話をしたあのときのことを。宮とは、いくら話しても話題が尽《つ》きることがなかった。

そんな風に宮と語り合える日は、もう自分の人生には永遠に来ないのだろう。

行親の心を知ってか知らずか、和泉は珍《めずら》しくずっとそばに座って、昔の話をしてくれる。行親はこれまであまり和泉が話したがらなかった、自分の母のことも尋《たず》ねてみた。和泉は夢見るような眼差しになった。

「若君の母上は、真っ白な美しい狐のあやかしでいらっしゃったのです。和泉の国の森の狐の中で、一番お美しい姫《ひめ》様でした」

「和泉は母上とずっと一緒《いっしょ》だったのかい？」

「はい。私は姫様がお小さい頃《ころ》からお仕えしておりました。大殿様《おおとのさま》が森にやって来られ、妻問いされたときも、姫様ひとりにはしておけず、都まで一緒に参りました」

「和泉は国へ帰りたいとは思わないのか」

自分と同じ名の国を思う和泉は、表情を見せない静かな顔をしていた。

「いずれは……とは思いますが」

「私は行ってみたいよ。私を受け入れてくれるか、分からないけれど」

「もし若君が和泉の国に行かれることがあれば、眷属《けんぞく》の者たちは大喜びでしょう」

「ほんとうか？」

行親の目が久しぶりに輝《かがや》いた。

「私は折に触れ、兄弟姉妹など、眷属の者に便りをしております。先日も都の桜とともに便りを送ったばかりです」

「私も和泉に行ってみたい」

行親はもう陰陽寮《おんようりょう》に戻りたいとも思わなかった。宮中への出仕はもっといやだ。帝《みかど》に重く用いられることに、激しく拒否《きょひ》反応がでる。

それからも行親は床に就いたままだった。笹丸は相変わらず枕もとにいる。「外で遊んでおいで」と言っても、行親から離《はな》れたがらない。

「ゆきちかさまといっしょがいいのです」

行親は手を伸《の》ばし白い子狐《こぎつね》をつかまえて、衾の中に入れた。

「あついです」と言いながらも、笹丸は嬉《うれ》しそうに行親と共に衾にくるまっていた。

行親は笹丸のふわふわの毛に顔を埋《うず》める。「くすぐったい」と笹丸はもがいた。柔《やわ》らかな感《かん》触《しょく》に、ふと目頭《めがしら》が熱くなる。

宮も行親の耳や尾を撫《な》でながら、ふわふわだと嬉しそうに笑っていた——。

行親が笹丸を抱《だ》きしめていると、何者かが渡殿《わたどの》を乱暴に歩いてこちらへやって来る音が、衾の中にいても聞こえた。行親は身を硬《かた》くする。音に交じって、和泉の慌《あわ》てたような声も聞こえる。

居丈高《いたけだか》な足音が和泉を振《ふ》り切ってやってくる——父だ。行親は急いで頭まで衾を引きかぶった。父と顔を合わせたくない。

「帝から、行親の病はまだ癒《い》えないのかとお尋ねがあったぞ。いったいお前の体のどこが悪いというのだ？」

怒《いか》りを帯びた声がする。和泉の話によると、父は怪我《けが》も癒え、昨日から陰陽寮へ出仕していたはずだ。

「鬼に遭《あ》って以来、胸が痛くて起き上がれません」

床に就いているのは仮病《けびょう》だが、胸が痛いのはほんとうだ。今も考えないようにしたいのに、胸の中でずきずきと想《おも》いが疼《うず》く。

「ほんとうか？」

「はい。とても苦しいのです」

「顔を見せてみろ」

行親は無言になった。父の顔は見たくない。見えないが、父がいら立っているのを感じた。

「顔ぐらい、出さんか！」

いきなり、衾を引きはがされた。「あっ」と声を上げたのは行親だったが、大きく驚《おどろ》きを浮かべているのは父の方だった。行親が意外に思うほど、呆然《ぼうぜん》とした表情をしている。

「お前、その姿は……」

その口調で、行親は今の自分が狐《きつね》のあやかしの姿だったことに気が付いた。父の前に行くときは、いつも人の姿を取っていたが、今は姿を整える暇《ひま》がなかった。あの夜以来、ずっと寝所に籠《こも》っているので、狐の姿で過ごしていた。

「私のほんとうの姿はこれですから」

行親は肩《かた》に流れる白銀の髪《かみ》に手をやり、狐の耳にも触《ふ》れた。父はこの姿を知っているはずなのに、なぜそんなこぼれそうなほど目を見開いているのか、分からない。

ただ、狐のあやかしでいる姿は、ずいぶんと久しぶりに見るはずだった。行親の狐の姿に怒り、塗籠《ぬりごめ》に閉じ込めていたのは、もう十年以上も前のことなのだ。以来、行親は父に狐のあやかしの姿を見せたことはない。

「その姿はよせ」

行親は衾を再び引きかぶった。

「人の姿になれと言ったのだ！」

「今は人の姿になるのがつらいのです」

衾《ふすま》の中から、行親はくぐもった声で答えた。外へ出るのも父の姿を見るのもいやだった。父はしばらく立ち尽くしていたが、また足音荒《あら》く出て行った。

そのうち力ずくでも帝の御前《ごぜん》に連れて行かれるかもしれない。ずっと部屋に籠《こも》っているわけにはいかない。行親の中に不安が広がる。どうしたら良いのか。

家を出ようか。

行親の頭にふいにそんな考えが浮かんだ。それは灰色に思われた生活に、小さな風穴を開けてくれるような気がする。

和泉と話したことを思い出す。狐のあやかしの眷属は、自分を喜んで迎《むか》えてくれるだろうと言っていた。

和泉の国に行ってみたい。母の故郷であり、狐のあやかしの一族が今も暮らす国へ。

行親は真剣《しんけん》に考えた。これまで京の都を出たのは、石山《いしやま》や長谷《はせ》に物詣《ものもう》でに行ったくらいだ。和泉まで行くのが、どのくらいの旅路なのかよく分からない。

行親は和泉を呼んで、旅について相談した。和泉は最初、困惑《こんわく》したような顔で聞いていたが、最後に「ほんとうに良いのでございますね？」と厳しい口調になった。

「気晴らしの旅ではなく、和泉へ行かれるのですね？　この都での人の縁をすべて断《た》ち切って、狐のあやかしたちの世界へお戻《もど》りになるということでよろしいのでしょうか」

「もちろん、そうする」

しかし和泉はキッと睨《にら》むような目つきを変えない。

「何もお心を残さずにでしょうか？」

行親は言葉を失った。ずっと自分の心を縛《しば》っているものがある。宮のすべてが、自分の中で
あまりにも大きい。

しかし、それをもう断ち切りたいのだ。

「出家し、世を捨てるのと同じ気持ちでいるよ、私は」

和泉が眉《まゆ》をひそめる。しかし彼女は何も言わなかった。

行親は気持ちを変えて、和泉に行ってからのことを考えようとした。

「向こうでは、私の母を覚えていてくれているのだろうか」

「あちらでは、いまだに姫様のことをなつかしく思っております」

「私は和泉へ行くよ」

和泉も行親の覚悟《かくご》を感じ取ったようだった。

「ではこの和泉もお供いたします」

和泉和泉とややこしいので、笹丸はきょとんとしている。

「ゆきちかさまはいずみさまへいく？　いずみさまといくのですか？」

行親は久しぶりに小さな笑《え》みを浮《う》かべて、笹丸を抱き上げた。

「和泉と和泉へ行くのだ。分かるかい？」

笹丸は小首をかしげていて、その様子がとても愛らしい。

「和泉という狐のあやかしが棲《す》む国があるのだ。そこへ私は行く」

じっと自分を見つめるつぶらな瞳《ひとみ》に、行親は優《やさ》しく言った。

「お前も一緒《いっしょ》に来るか？」

「はい」と笹丸は、なんのためらいもなく即答《そくとう》した。

自分もこれほど未練なく返事ができたらよいのに、と行親は心の中で呟《つぶや》いた。和泉へ行き、この都を去る。

永遠に星見の宮の近くを離れるのだ。ずしりと重いものが胸を押しつぶす。

和泉は旅の支度《したく》を整えに行った。

――今夜、もう旅に立とう。

行親は身の回りを片づけた。父にも誰《だれ》にも、文《ふみ》も残さずに行くつもりだった。

書物はまとめて置き、いらない文書は燃やして行こうと思った。文箱《ふばこ》を開けると、宮からの文が目に付いた。

読み返すことすらできず、行親は長い時間、文を見つめていた。じっと長い時間見つめた挙句、やはり燃やすことはできず、持って行く荷物の中に入れた。

行親は旅路の行き先を式盤《しきばん》で見た。和泉への旅立ちに不吉《ふきつ》なことがないか、星見の宮から借りたままになっている宿曜《すくよう》の暦《こよみ》を見て、時間と方角の吉凶《きっきょう》を確かめた。

――これは誰かに頼《たの》んで、宮へ返してもらわなければ。

借りた暦を見ても、宮のことを考えてしまう。

陰陽《おんよう》と宿曜の知識を合わせて、暦を造りたいという星見の宮の願い。それを誰かが叶《かな》えてくれるだろうか。

行親が邸《やしき》を出て通る方角を式盤で見ていると、一点、不吉な影《かげ》が差しているところがある。

――ここは通らないようにしよう。

都の図をたどっていた行親の指がふと止まった。その方角は星見の宮の邸がある辺りだ。

ぞわりと胸騒《むなさわ》ぎがした。

この時間、この方角、宮に不吉なことはないのか。宮の生まれた日時が分からないので、その未来を垣間見《かいまみ》ることは、自分にはできない。そう思いながらも、宮のことが気がかりでならない。

行親は旅立ちのことよりも、宮のことが気になって、落ち着かなくなった。

夏の星が中天に上がってきた頃《ころ》、行親は和泉と笹丸を連れて、邸の外へ出た。

夕方、父の顔をそっと見納めに行った。父は自分の決心など知らないため、病が癒えたことを単純に喜んでいるようだった。

「朝はあんな様子だったが、ようやく出仕できるのだな。主上《おかみ》がお待ちかねだ。お前に直接褒《ほう》美《び》を遣《つか》わしたいと、ずっとお待ちだったのだ」

あんな様子と言われたが、行親は静かに微笑《ほほえ》みながら父の話を聞いていた。これで最後だと思うと感慨《かんがい》深く、いつも反感ばかり感じる父の言葉も黙《だま》って聞いていられる。

「では明日」

「はい。ではお休みなさい」

これが最後の言葉だと、行親は心の中で嚙みしめた。自分とは相いれないところばかりの父だったが、別れるとなると、哀《かな》しみも感じる。

父のもとを下がってから、行親は旅の身支度《みじたく》にとりかかった。そして今、行親と和泉、笹丸の三人で邸の外にいる。三人と言っても、笹丸は子狐《こぎつね》の姿のまま、行親の懐《ふところ》の中にちんまりと収まっている。

行親は狩衣《かりぎぬ》という身軽な姿で腰《こし》に短い刀を差し荷物を背負っている。和泉も市女笠《いちめがさ》に裾《すそ》短かにした旅姿だった。

「この道を行こう」

行親は旅立ちに当たって卜占《ぼくせん》を行った。旅に関する吉凶の方角などをしっかり頭に叩《たた》き込んだはずだが、行親は旅には不吉と出た方角に向かって進んでしまう。あやかしの勘《かん》が、自然と行親をそちらに連れて行ってしまうのだ。

そこは星見の宮の邸があるはずだった。

──旅の通り道に宮の邸の外を通るだけだ。邸のうちにあやしい出来事が起きてないか、宮の身に禍《わざわい》がないか、それだけをよそながら確かめたい。

行親はそう考えながらも、最後の自分の未練であることは分かっていた。

宮の邸は、三条《さんじょう》の高位の貴族の邸の並ぶ辺りにあった。行親は夜目にも立派な築地塀《ついじべい》を見上げた。邸の様子を垣間見ることは無理だ。

こんな大きな邸は堅牢《けんろう》な塀《へい》に囲まれ門も固く警固してあり、何か不吉なことが起きても、家人たちがすぐ飛んできて解決するだろう。

行親は自分に言い聞かせ、宮の邸の塀のそばから離《はな》れた。この方角が不吉と出ていた──見つめた先に、ふいに青黒い雲のようなものが現れた。

行親はぎくりと立ち止まり、和泉をかばうように、青黒い雲のような塊《かたまり》の前に立った。キッと瞳を据《す》える。

青黒いむくむくとしたものは急に収縮し、見る見る人の形を取る。顔らしきところに爛々《らんらん》と輝《かがや》くものがふたつ現れた。光は大きな目になり、ぎろりとこちらを見た。

「あれ!」

和泉が叫《さけ》び声を上げた。行親はとっさに腰の刀を抜《ぬ》こうとし、その前に懐に手を入れた。

「和泉は笹丸と隠《かく》れるのだ!」

懐の笹丸を急いで和泉の手に渡《わた》す。笹丸を抱き、蒼白《そうはく》になって震《ふる》える和泉を促《うなが》し、木の陰《かげ》に隠れさせる。

振《ふ》り返ってみたとき、青黒い雲は見上げるほどの大きさの鬼《おに》に変化《へんげ》していた。鬼は刀を持つ行親にちらりと目をやったが、そのまま地面を蹴《け》って跳《と》び、宮の邸の築地塀に立った。

その鬼には片腕《かたうで》しかない。やはり例の鬼だ。女御《にょうご》のもとに上がっていた上人《しょうにん》の、なれの果てなのだろうか。

「かえせぇ！」

鬼がしわがれた声で叫ぶ。

「かえせ、俺の腕！」

鬼は塀から邸の中へ飛び降りた。行親は一瞬《いっしゅん》のうちに白狐《びゃっこ》の耳と尾《お》のある姿になり、身軽に塀に飛び上がった。鬼がひろびろとした庭に降り立ち、辺りの匂《にお》いを嗅《か》いでいる。

「ここだな！」

鬼は荒々《あらあら》しく高欄《こうらん》を乗り越《こ》え、寝殿《しんでん》にある格子《こうし》を引き掴《つか》んだ。行親もひらりと飛んで後を追った。狐のあやかしの姿になっているときは、尋常《じんじょう》ではない身のこなしができる。

格子ががたりと外れ、鬼はそれをぶん投げる。行親は息を呑《の》んだ。この格子の奥には星見の宮が眠《ねむ》っているのではないか。

一本腕の鬼はまっしぐらに御帳台《みちょうだい》へと向かう。行親は呪《しゅ》を唱え、鬼を抑《おさ》えようとした。呪の力に搦《から》めとられ、鬼の動きが鈍《にぶ》くなるが、じりじりと動き、御帳台へ手を伸《の》ばそうとする。

――力が強くなっている。私では止められない……！

激しい妄執《もうしゅう》のなせるわざなのか。鬼を押しとどめながら、行親の額は冷や汗《あせ》がにじんだ。

御帳台の奥で人が動く気配がする。

「何者だ！」

鋭《するど》い大声が飛ぶ。聞き覚えのある声にふと行親の注意が向いたとき、呪が緩《ゆる》んだのか、鬼が素早《すばや》く動いた。ほの暗い明かりに照らされる御帳台の奥の姿に向かって、一本しかない腕を上げた。

「危ないっ！」

行親は一瞬の間に、御帳台に起き上がる宮と鬼の前に飛び込んだ。

その瞬間、背中に灼《や》けつくような痛みを感じた。鬼の鋭い爪《つめ》が自分の背を引き裂《さ》く。

「くっ、あぁっ！」

抑えられない苦痛の呻《うめ》きが漏《も》れた。その声に宮が反応する。

「お前は――ゆうづつ!?」

目の前の宮が、食い入るような眼差《まなざ》しでこちらを見ている。背で鬼を押しとどめながら、行親は呪を唱え直し、鬼の動きを止める。

「鬼かっ!?」

宮は行親の背後を見て、かっと目を見開いた。

「どけ！　狐め！　邪魔《じゃま》をするな！　お前もあやかしであろうが！　そこの人間もろとも喰《く》ってしまうぞ」

鬼が物凄《ものすさ》まじい声で叫ぶ。

「あやかしの肝《きも》を喰らって精をつけてやる！」

「ゆうづつっ！　そこをどくのだ！」

行親は鬼と宮の間に懸命《けんめい》に立ちはだかった。宮に指一本触《ふ》れさせてはならない。

激しい苦痛に息も絶え絶えになりながら、行親は御帳台の隅《すみ》に置いてある、輝くものの存在を感じとっていた。

「宮、そこに破邪《はじゃ》の剣《けん》をお持ちですね？　それで、は、早く鬼を――」

背中に食い込む爪の隙間《すきま》から熱い血が流れるとともに、行親の気力も失われていく。自分の鬼を押しとどめる力が尽《つ》きる前に早く、と必死に叫んだ。

行親の言葉を呆然《ぼうぜん》と聞いていた宮が動いた。御帳台の傍《かたわ》らに置いていた剣を抜く。抜くというより、剣が宮の手に跳《は》ね上がるように飛び込み、自分から鞘《さや》を落とすような動きをしたのを見た。さっと部屋の四隅にまで、神々《こうごう》しい銀の光が溢《あふ》れた。

――やはり、思った通り……宮が持つとこの剣は真の力を発揮する……この輝き、まさに星のよう。

その強い光が頼もしく、ふと心が緩むと、背で押さえている鬼が再びずざりと動いた。背にさらに爪がめり込み、行親は苦痛の声を洩《も》らした。

「ゆうづつ、どうしたっ⁉」

「は、早く、鬼を！　その剣で！」

宮の腕が動き、白銀の光が稲妻《いなずま》のように閃《ひらめ》いた。光はずぶりと鬼の心臓のあたりに突《つ》きこまれた。どす黒い血がほとばしる。

「ぐあおううううっ‼」

天を裂くような鬼の絶叫《ぜっきょう》が上がる。恐《おそ》ろしい声が辺りにとどろきわたる。

「口惜《くちお》しや、このままでおかれてなるものか！」

鬼は声を嗄《か》らしながら叫び続ける。

「女御様よ！　俺は生まれ変わり、必ずまたそなたに会いにゆくぞ！　それまで待っていてくれえ！」

叫び続ける鬼の声がふと途切《とぎ》れたとき、行親の背に食い込んでいた圧力が消えた。鬼の全身がどうと床《ゆか》に倒《たお》れる音がする。

行親もそのまま くずおれた。鬼の爪が離れた後もすさまじい痛みが残り、どくどくと血が流れていくのを感じる。

床に倒れこむ前に、強い腕に抱《だ》き留められた。力の入らない行親の体を膝《ひざ》の上に抱《かか》え、手を握《にぎ》ってくれる。宮だった。

力強い手が行親をこの世に引き留め、温め、力づけようとする。

「怪我《けが》をしているのか？　おいっ、ゆうづつ、返事をしてくれっ！」

宮の声が聞こえ、行親は血の気を失いつつある顔に、微笑《ほほえ》みを浮《う》かべた。鬼は退治できた。宮がいらっしゃるから……。宮が破邪の剣を取ってくださったから……。

「血がこんなにっ！　目を開けてくれ！　死ぬなよ！」

行親を抱きかかえたまま、宮が叫んでいる。

宮は無事なのだ。宮を守ることができた。

行親の目の前が霞《かす》んでいく。あれほど会いたかった宮の顔を見たいのに、目の前すら、すでに闇《やみ》に落ちているようで見えない。

しかし、宮を守ることができた……。命に代えても守りたいと願った人は無事だ。何もかもが暗く薄《うす》れゆく心の中で、そのことが夜空の星のように明るく輝いている。

「ゆうづつ、しっかりしろ！　俺が分かるか！」

もちろん、宮の声は分かっている。だが、もう唇《くちびる》を動かす力さえ残っていなかった。

行親の意識は、そのまま深い闇の中へ落ちて行った。

第六章

明るく温かい、優《やさ》しいものに包まれている。

何かが時折、唇に触れる。とても甘い。温かいものが頰《ほお》を撫《な》で、切なくなるほど優しい声が、自分を呼んでいる。

「ゆうづつ……ゆきちか」

その度《たび》に泥《どろ》のように眠っていた行親の魂《たましい》は揺《ゆ》さぶられ、起きなくては、と思う。しかし重く深い眠気《ねむけ》に負けて、なかなか浮上《ふじょう》できない。

幾度《いくど》も浮かびかけては、沈《しず》むことを繰《く》り返していた。この温《ぬく》もりの心地《ここち》好《よ》さの中でいつまでもまどろんでいたい、そんな気持ちもあった。

「ゆきちかさま」

別の声が呼ぶ。鈴《すず》を振るような可愛《かわい》らしい声だ……行親はようやく重い瞼《まぶた》を開けた。

「ゆきちかさま？　めがあいた！　みやさま！　みやさま！」

ぱたぱたと走り去る音がする。久しぶりに——ずいぶん久しぶりに目を開けたような気がする。眩《まぶ》しくて耐《た》えられないほどの白い光の中に、急いで誰《だれ》かが近寄ってくるのが見える。背の高い男の姿。

「ゆうづつ!」

ひどくなつかしい声がする。

「いや、ゆきちかだな」

白い光の中に、さらに眩しく見える——喜びと心配の双方《そうほう》を浮かべた端正《たんせい》な顔が、自分をじっと見つめていた。

「宮様」

重い唇を動かすと、かすれた声が出た。

「行親、気がついて良かった。俺が分かるか?」

温かい大きな手が行親の手を取る。いつもは鋭いほど光のある瞳《ひとみ》が、心なしか潤《うる》んでみえた。

「お前が俺を助けてくれたのだ。覚えているか?」

行親は宮の顔から目を離《はな》さず、うなずいた。目覚めるとともに、あの夜の記憶《きおく》が一気に蘇《よみがえ》ってきた。とたんに背中の傷が疼《うず》いた。和泉の国へ行こうとして、宮の邸《やしき》に差し掛《か》かり、鬼《おに》を見つけたこと。鬼と闘《たたか》おうとしたこと。鬼の爪を背に受けたが、宮をかばうことができた……。

女御《にょうご》に執着《しゅうちゃく》していたあの鬼は?　その後、内裏《だいり》はどうなったのだろう。

「鬼は?」

「あのときに息の根を止めた」

「あの鬼はもとは——」行親は言いかけたが、宮は首を横に振《ふ》った。

「梨壺《なしつぼ》の女御のところに来ていた僧《そう》が、鬼と化したものらしい。祈禱《きとう》に訪《おとず》れているうちに、女御の姿を垣間見《かいまみ》て、執着したというが、鬼は鬼だ。鬼として葬《ほうむ》った」

宮の背中から、可愛らしい顔がひょっこり覗《のぞ》いた。

「ゆきちかさま、目がさめてよかったぁ」

宮の横で自分を見下ろす、愛らしい切り髪《がみ》の童子の姿に、行親は目を細める。

「笹丸、良かった。無事だったか」

星見の宮の横に笹丸がいるのが不思議だったが、ごく自然な姿に見える。笹丸の無事な姿を見ると、もうひとりの安否が気になった。

「和泉は？」

行親は起き上がろうとしたが、体は起こせない。少し動かした体にひどい痛みが走り、思わず顔をしかめた。

「動いてはいけない。お前の傷はひどい。鬼の爪《つめ》にかかった後、熱も高く、二十日も目を覚まさなかったのだ」

脂汗《あぶらあせ》が出るほどの痛みだったが、宮に額を撫でられると痛みが和《やわ》らぐようだ。

「和泉はここにおります」

和泉が薬湯らしきものを捧《ささ》げ持って現れた。

「ここは？」

行親は見慣れぬ立派な御帳台《みちょうだい》にいた。背の傷が痛まないように、衾《ふすま》を丸めたものを抱いて横向きに寝《ね》かされていた。美しい御簾《みす》の向こうにひろびろとした庭が見える。

「俺の邸だ」

ここがあの夜、鬼を追いかけて飛び込んだところなのか。行親は目だけを動かして室内を見た。皇子《みこ》が住むのにふさわしい、美しい部屋だった。

「お前が鬼を追って、飛び込んできてくれたではないか」

宮は微笑んだ。

「あの鬼は梨壺に来た後、腕《うで》を取り返しにくるのではと言われていた。あまりに兄上が怖《こわ》がるので、俺が破邪《はじゃ》の剣《けん》を預かり、腕を持って帰っていたのだ」

「鬼退治をするおつもりだったのですか？　そんな危険な……」

行親は思わず眉《まゆ》をひそめた。

「ほんとうに鬼が来るのか確かめたかった。それに破邪の剣の威力《いりょく》を見てみたかったのだ。剣のことは、子どもの頃《ころ》から話に聞いても、手に取ったことはなく、長いこと憧《あこが》れていた」

宮は期せずして、子どもの頃からの念願を叶《かな》えたのだ。

「あの剣は、宮が持つと真の力を発揮するのですね」

「そうなのか？」

「宮にはもともと力があります。あの剣は力のある者が持たなければ、ほんらいの破邪の光は放てない」

行親の目にはいまだに白銀の光が焼き付いていた。その力を解き放てるのは宮なのだ。

「宮だから、鬼を退治できたのです」

「俺だけの力ではない」

宮がぽつりと言った。

「お前が俺のことを助けてくれた」

「私は鬼を抑《おさ》えただけです。宮がご無事で良かった」

宮の手が行親の髪を梳《す》いた。自分の白銀の髪が宮の手の中にあるのが見える。今の自分は狐《きつね》のあやかしの姿なのだ。

「あんなひどいことを言ったのに、お前は俺を助けてくれたたな」

鼻梁《びりょう》の高い男らしい横顔を見せ、宮は手にした髪に口づけた。愛《いと》おしさがこぼれるようなしぐさに、行親の心臓が高鳴る。

「ひどいこと？」

「俺を騙《だま》したとお前を責めてしまった。あやかしのお前には、そうするしかなかっただろうに」

苦悩《くのう》の色を浮かべる宮に、行親は微笑みかけた。苦しかった胸のうちが解放されて、明るく照らされているような気持ちになる。

「ずっと宮を騙していた私を……お許しくださるのですか？」

「契《ちぎ》りを交《か》わしたのが、狐のあやかしでも陰陽師《おんみようじ》でも、俺はどちらでも良いのだ」

髪へ当てていた唇《くちびる》が近づいた。ずっと胸に思い描《えが》いていた真摯《しんし》な瞳も。

行親を労《いたわ》るように、唇がそっと重なる。探《さぐ》るように触《ふ》れていた唇が開き、行親を求めて舌が滑《すべ》り込んできた。行親の舌に優しく触れ、さらに深く奥へもぐりこもうとする。

「あ、ふっ」

鼻の奥から甘い声が洩《も》れた。行親はうっとりと宮の袖《そで》をつかんで、口づけに我《われ》を忘れていた。

そのとき、はっと笹丸たちのことを思いだした。

「あっ」と叫《さけ》んで、宮の口づけをさえぎる。

「どうした？」

唇から離されて、宮は眉をひそめる。

「さ、笹丸は……」

純真な子狐《こぎつね》に、口づけの現場を見せてしまったのか？

「さきほど気を利《き》かせた和泉が連れていったぞ。よくできた女房《にょうぼう》だ」

いつも好奇心《こうきしん》いっぱいにつぶらな瞳を見張っている笹丸に、見られてはいない。行親はほっと息をついた。

「さ、もう少し眠《ねむ》るとよい」

宮が隣《となり》に横たわり、腕を回してくる。行親は衾の代わりに宮に抱《だ》きつく形になった。あまりの近さに思わず目をつぶる。

「こ、このままでは眠れません」

「なぜだ？　衾ではなく、俺に抱きついておればよいのだ」

池の上を通る初夏の風がそよそよと吹《ふ》きこみ、午睡《ひるね》にはちょうどよい気候だが、宮の腕の中にいると思うだけで、行親はどきどきとしていた。

「胸が落ち着きません」

「今さら遠慮《えんりょ》するような仲でもなかろう。お前は俺の妻なのだから」

行親ははっと目を開けると、耐《た》えられないほど近くに宮の笑顔《えがお》がある。しかし今度は目をつぶることもできなくなった。

「大切な人を迎《むか》えたと、邸の者たちには告げている。直接この部屋に入るのは、和泉と笹丸だけに限っているが」

行親は宮の話に一心に耳を傾《かたむ》けた。胸が熱くなってくる。宮が自分を、それほど大切にしてくれるとは思わなかった。

「この邸は人の出入りが多すぎるので落ち着かないと、和泉が言っていた。だから今、俺たちが出会った、母の実家のあの邸を修理させている。あそこであれば、和泉や笹丸のような、あやかしの者たちも落ち着いて暮らせるだろう」

「宮は平気なのですか？」

思わず尋《たず》ねた。あの邸《やしき》が、あやかしばかりが棲《す》むところになっても良いのだろうか？

「和泉ひとりでは忙《いそが》しそうなので、人を雇《やと》うことも考えている。都の中には、あやかしたちに仕事を周旋《しゅうせん》するところもあるそうだな。和泉がそこへ頼《たの》みたいと言っていた」

いつの間にか宮は、すっかり和泉を信頼《しんらい》しているようだった。そしてあの和泉が、宮には心を許しているらしい。邸に仕えるあやかしを雇う話までしているとは。

この宮が自分たち、あやかしの者と一緒《いっしょ》に暮らすのか？　行親は驚《おどろ》きの目を見張ったまま聞いていたが、宮は平然と語る。

「俺が幼い日に見ていたのと同じ風景の中で、お前と一緒に暮らしたいのだ」

古い桜の精や器物の精、狸《たぬき》、むじな、そして狐のあやかし。そんな者たちがおおぜいいる邸で、自分と暮らしたいと言ってくれている。行親は思ってもみなかった展開に、胸がさらに高鳴る。

「お前は俺と一緒にいてくれるか？」

優《やさ》しい声は低く小さくなった。唇のすぐ近くでささやいてくる。

「はい」

答える行親の声は、すぐ宮の唇に奪《うば》われた。その温かな感触《かんしょく》に目を閉じる。宮の腕の中に包まれ、行親はその温《ぬく》もりに、深いため息をついた。

「帝《みかど》にお前とのことを申し上げた」

宮の簡潔な言葉に、行親ははっと目を上げた。行親はいまだ体が完全には癒《い》えていない。宮の邸で臥《ふ》したままだった。

身の回りの世話は、家を出るときに一緒に来た和泉と笹丸が行っている。行親は陰陽寮《おんようりょう》にも出仕していない自分が、内裏《だいり》でどう話されているか、全く分からなかった。

「帝に……私のことをどのようにお伝えしたのですか？」

「そのままだ。安倍行親は俺の想《おも》い人なので邸に引き取ったと」

行親は愕然《がくぜん》とした。男の自分のことを、想い人と？　それを堂々と帝に向かって言ったのか？　裏表のない性格の宮は平然としているが、行親は動揺《どうよう》が止まらない。どのような場でそれを言ったのか？

「安心しろ。御簾《みす》うちで、帝しか聞いておられぬときの話だ」

「……それで、帝はなんとおっしゃいましたか」

時折見せる、竜《りゅう》の逆鱗《げきりん》とも言うべき帝の激しい怒《いか》り――行親はそれを思いだして、床《とこ》の中で身をすくめた。

「お怒りだったが、兄上の激怒《げきど》を買うのはしょっちゅうなので、俺は平気だ」

　これ以上、内裏での宮の立場が悪くならないのか？　行親の不安を吹き飛ばすように、宮は笑みを浮《う》かべた。

「もともと俺は東宮《とうぐう》でもない、ただの皇子《みこ》だ。これ以上身分が上がることもないが、下がることもない」

「……」

「それよりもお前の方が心配だな。今までは帝の引き立てが大きかったから、今後の陰陽師としての仕事に差し障《さわ》りはないのかと」

「私はもう陰陽寮を去るつもりでした」

　行親は正直に言った。宮が驚いた表情になる。

「なぜだ？　お前のような才能のある者が」

「宮の邸で鬼《おに》に遭《あ》ったときは、私は和泉たちを連れて、和泉の国にあるという狐の森へ行くところだったのです」

「俺を置いてか？」

　宮の顔が険しくなる。

「……あのときは、狐のあやかしである自分は、宮との仲が続くわけもなく、かりそめの縁《えにし》でしかないのだと思ってました」

「勝手に決めるな」

「そ、それに、梨壺《なしつぼ》で正体を明かされたとき、宮が騙《だま》されたとお怒りなのを見て、私はふたりの縁はもうこれで終わったのだと思いました」

「……」

宮は無言になって、ぐっと眉《まゆ》をひそめた。こういう表情も男らしく、行親は心のうちでは素敵《すてき》だと思いながら見上げる。

「あのときは確かに怒《おこ》っていたかもしれん。……騙されたと思ったのも確かだ。ゆうづつとして俺に会っていたときに、少しでも真実を言ってくれたらと思った」

「何度もほんとうのことを言いたいと思ってました……それに」

行親は口ごもった。

「私は顔を変えているわけではないのです。内裏で会うときに、宮がお気づきにならないのが不思議で」

宮は意表を衝《つ》かれたような表情だったが、ふいに笑い出した。

「そうだ、ゆうづつと会ったあと、内裏で陰陽師安倍行親を見るたびに、奇妙《きみよう》な感じがしていたのだ」

やはりそうだったのか、と行親も微笑《ほほえ》んだが、次の宮の言葉にむっと眉間《みけん》にしわを寄せる。

「安倍行親のつんけんした顔が苦手でな、あまりしげしげと見ないようにしていたからかもしれない」

「……苦手とは？」

そんなに自分は冷ややかな顔をして見えるのだろうか？　行親は戸惑《とまど》う。

「いつも引き絞《しぼ》られた弓さながら、ぎりぎりと歯を食いしばってるような顔をしていたではないか。あの顔を見ると無性《むしょう》に落ち着かなくてな」

「……そんな顔をしておりましたでしょうか」

「ああ、お前のようなのんきで我がままな皇子は許せない、といつも言われているような気がしていた」

行親は思わず自分の頬《ほお》を撫《な》でた。そんなことを思って、宮を見ていたつもりはない。しかし、いつも誰《だれ》にも気を許さず、ぎりぎりまで気を引き締《し》めていたのは事実だ。

「それに比べると、ゆうづつはいつも春風のようにふうわりと笑みを浮かべていて、白狐《びゃっこ》の耳が生えていて可愛《かわい》らしいし、俺はずっと違《ちが》う者だと思っていたのだ」

「でも、声も同じ」

「いや、声も違って聞こえたぞ？　行親は高く張った声で俺を責め立てるし、ゆうづつはちょっと甘えた声音《こわね》が色っぽくて、全然違う」

「……」

同じ体のはずだが、宮の感じ方は全く異なっている。だから気がつかなかったのか。

「ようやく俺の中で行親とゆうづつが一致《いっち》したところだ」

宮は行親の頬を大きな手で包んだ。

「体が癒えたら、また陰陽寮に出仕すればよい。兄上は俺には怒っておられるが、お前のことはいまだ頼《たよ》りにしておられる」

「そうでしょうか？」

行親は戸惑っていた。宮が想い人だと告げた後も、帝はまだ自分を陰陽師として信頼してくださるだろうか？

時折、人目のないときに、帝に手を握《にぎ》られ引き寄せられたことを思い出す。色めいた気持ちよりも、不安の方が先に立つような、溺《おぼ》れる者が細い枝にすがろうとするような姿だった。

帝は常にひとりで不安に苛《さいな》まれていた。宮と自分の関係が明らかになれば、そんな帝をさらに孤立《こりつ》させることにならないか……。

「兄上は頼れる者が必要なのだ」

同じことを考えていたのか、宮はしみじみと言う。

「帝というのは孤独だ。最終的にものごとを決めるとき、自分ひとりでやらねばならない。それを大臣たちに委《ゆだ》ねる帝もあるが、兄上は大臣たちに決められるのも、よしとされていない。だから人がいる。ひとりで立たれる帝のよりどころになる者がな」

行親が思うより、宮は兄の帝の心情を深く思いやっているようだった。この心が帝に伝わりますように、と行親は願った。

「俺との関係が分かっても、兄上は陰陽師安倍行親を頼りにしている」

宮は行親をじっと見つめる。

「お前もほんとうは、これからも陰陽寮で勤めたいだろう?」

「はい」

行親は素直《すなお》な思いを表した。帝の信頼《しんらい》がもし自分の上になくとも、陰陽の道で勤めたい気持ちには変わりない。

「私は陰陽寮で天文や暦《こよみ》のことも、もっと学びたいのです。あのとき、宮にお借りした宿曜《すくよう》の暦があったから、鬼を退治することができました」

「陰陽の暦とは違っていたな」

宮が教えてくれたから、方向を修正することができた。

「はい。今の陰陽の暦がずれていると思われます。宿曜師とも話をし、天体の記録を確かめ、正しい暦を造る必要があります」

「そうだな。宿曜師と暦《れき》博士と一緒《いっしょ》に、この国の暦を早く良いものにしてくれ」

宮は笑ったが、すぐさま真顔になった。

「俺は兄上に、お前と一緒にいることを申し上げた。お前の方はどうする?」

行親ははっとした。父吉行の冷酷《れいこく》なまでに厳しい顔が脳裏《のうり》に浮かぶ。

った。

「……私も父の邸《やしき》を出ます」

宮が帝《みかど》の怒《いか》りも恐《おそ》れず、自分の意志を告げてくれたのだ。自分も動かなければ、と行親は思った。

起き上がり動き回れるほどに回復した行親は、和泉と笹丸とともに自分の邸に戻《もど》った。自分の住む東の対から寝殿《しんでん》へ渡《わた》った。これまで幾度《いくど》となく通った渡殿《わたどの》を、初めて見るかのようにしみじみと歩く。

同じ邸に住むと言っても、行親は寝殿にいたことはほとんどない。父と義母、その子たちが一緒にいるところに交じることはなかった。

家族や親類と宴《うたげ》が行われるときも、行親は呼ばれることはなく今日まで暮らしてきた。大きな邸と言っても、行親は和泉と笹丸としか暮らしていなかった。

鬼を退治した際に怪我《けが》を負った行親が星見の宮の邸にいることは、宮の邸の者が知らせてくれていたが、父からの便りなどはなかった。

父はひとり庭を眺《なが》めていた。光が降り注ぐ夏の庭は、緑の影《かげ》が濃《こ》い。父の後ろ姿も濃い影になっていた。

「怪我はもう良いのか？　鬼を退治したとき以来、ずっと二の宮様のお世話になっていたそうだが」

父はにこりともせず、行親を気遣《きづか》うふうもなく言った。

「はい。ご心配をおかけしましたが、もう回復しました」

「そうか」

父との会話は途切《とぎ》れた。行親は自分を叱咤《しった》するように息を大きく吸い、口を開いた。

「私はこの邸を出ます。これまで養っていただき、誠《まこと》にありがとうございました」

行親は父に深々と礼をした。父はさすがに驚《おどろ》いたように、眉をひそめて行親を見る。

「ここを出て、どこへ住むのだ？」

「一条の方に家を世話してくれる人がありました」

「ひとりでか？」

「和泉を連れて参ります」

「そういうことではない。お前はひとり住まいなのか？　妻でも迎《むか》えるつもりか？」

「……」

行親は口をつぐんだ。厳しい父に、宮と男同士ふたりで暮らすことを告げても、自分の気持ちまでは分かってはもらえないだろうと思う。

いつも行く手に父の厳しい顔があって、行親は自分のほんとうの望みを言うことができなかった。

それでも言わなければ、と行親は袖《そで》の中で拳《こぶし》を握る。

「二の宮様と一緒に暮らします」

そのとたん、父の形相が変わった。憤《いきどお》りなのか、困惑《こんわく》なのか、その表情が示すものは、行親には分からないほど複雑だった。

「なぜ、お前があの宮と？　暦のことでは言い争っていたではないか」

行親には、それがずいぶん昔のことのように思われた。

「いえ、今では意見を同じくしています。宮とは陰陽《おんよう》と宿曜の暦を合わせて、この国の暦を一緒に考えていこうと話しています」

父の顔からは不可解だという思いが、ありありと分かる。男同士で共に住むこと以上に、陰陽と宿曜の考え方を合わせようとする方が、ありえないのかもしれない。

「共に鬼《おに》を退治したからか？」

暦以外で父に分かる、宮と自分の接点はそれだけだろう。父には自分がなぜ宮の邸で傷の養生をしているかも、分からないはずだ。行親は首を横に振《ふ》りながら答えた。

「鬼を斃《たお》す前から、私は宮と知り合い、共に生きることを誓《ちか》ったのです」

「それにしても身の程《ほど》知らずな。相手は帝の弟宮であられるぞ」と、父は困惑に顔を歪《ゆが》めた。

「それに無理だ。お前が人外の血を引くものであることを、隠《かく》し通せるものか――」

「宮は私の正体をご存じです。その上で契《ちぎ》りを交《か》わしました。私たちの縁《えにし》は、かりそめのものではありません」

行親はまっすぐに父を見据《みす》えた。行親を凝視《ぎょうし》し、父は石のように押し黙《だま》った。いつも行親を圧倒《あっとう》していた気が、今はくすんだ色に見える。

「お前の狐《きつね》の姿を見て、宮は何とも言われないのか」

「狐のあやかしの私で良いと、言ってくださっています」

行親は小さく微笑《ほほえ》んで頭を下げた。

「今までありがとうございました。父上もどうかお元気で」

「陰陽寮《おんようりょう》のことはどうするのだ？」

父の声がかすれていた。

「これまで通り、陰陽師《おんみょうじ》として仕えます。この家は出ますが、陰陽寮では、いつでもお目にかかれます」

立ち上がり出て行こうとした行親に、父は「待て」と声をかけた。行親が振り返ると、父は思いがけないことを口にした。

「狐の姿になってくれぬか？」

父の言葉に行親は動揺《どうよう》した。父の前で狐の姿を取るときつく叱《しか》られ、塗籠《ぬりごめ》に閉じ込められた。うまく人の姿になれなくて、何度も真っ暗な中で泣いたのだ。父の前で狐の姿を取ることは、いつも哀《かな》しく苦しい思い出ばかりだった。

しかし父の頼《たの》みどおり、呪《しゅ》を唱え白狐の姿を取った。ほの暗い部屋にうっすら明かりが灯《とも》るように、行親の白銀の髪《かみ》と耳が輝《かがや》く。父は食い入るような眼差《まなざ》しで、行親の姿を見つめていた。

「……しらぎく」

振り絞《しぼ》るように父の口から出た花の名に、行親は小首をかしげた。

「そんな様子はそっくりだな」

父は誰《だれ》とは言わなかったが、誰のことかは明らかだった。

——しらぎくは母上の名だろう……。

しんとした中、父にじっと見つめられる奇妙《きみよう》な時間に、行親は耐《た》えられなくなった。

「父上、もうよろしいでしょうか？　それではさようなら」

行親は狐の姿を人に戻した。父は夢から覚めたように、首を振った。

「達者で暮らせ」

最後そう言ったときの父は、ふだんの陰陽寮で見せるようないかめしさを取り戻していた。

行親は東の対で荷物の整理をしている和泉に、さっきの父の話をした。和泉は眉《まゆ》をひそめた。

「大殿様《おおとのさま》が姫《ひめ》様の名を？」

「なつかしそうに口にしておられた」

「あの薄情《はくじよう》な御方《おかた》が、何を今さら」

父への不信感をあらわにした和泉は、打ち消すように幾度も首を横に振る。

「私はそんなに母上似なのかな？　狐の姿をとった私を見て、その名を出されたのだ」

「若君は姫様に生き写しでございます」

父に対する気持ちも少し和《やわ》らいだのだろうか、和泉は感慨《かんがい》深げに言った。

「あの大殿様が、姫様のお名を覚えておられるとは……」

行親は、幼い日からずっと過ごした東の対にも別れを告げた。庭の古木、池や古い石、それぞれに宿る精たちは、名残《なごり》おしそうに行親を見送ってくれた。

「ここはおわかれなのですか？」

子狐《こぎつね》の姿の笹丸が、最後に庭を駆《か》け回る。

「そうだよ」

「ぼくたちはどこへいくのですか？」

「お前も行ったことのあるところだよ」

行親は抱《だ》き上げた笹丸に微笑みかけた。


一条の外れにあった古い邸《やしき》に修理が入り、見事なしつらえになっている。庭も優《すぐ》れた職人の手が入り、もともとの古い木々を生かしながら、浄土《じょうど》さながらの美しさとなった。

その邸の新しい主《あるじ》は、陰陽師として近頃《ちかごろ》都に名高い安倍行親だという。あっという間に整った邸の構えに、都の人々は「式神のしわざらしい」と口々に言っている。

それを聞いて行親は苦笑《くしよう》した。

――宮が工事を急いでくださっただけだけど。

しかし実際に行親の使う式神も邸の庭にいて、草をむしっていた。式神は和泉の指示に従って、邸を美しく整えている。

清らかにするところは清らかに。しかし庭のそこかしこには、あやかしの好む澱《よど》みや暗がりもちゃんとあるのだ。ひっそりと心地《ここち》よさそうにしている木の精や水の精の姿がある。

行親は邸に上がって庭を見回した。宮の母上の実家である大納言《だいなごん》の旧邸は、隅々《すみずみ》まで清められ、すっかり美しく整えられていた。宮と初めて会ったときに花盛りだった桜は、今は青々とした葉を茂《しげ》らせている。

邸の門をくぐり抜《ぬ》けた下人は、中に入ったとたん、狸《たぬき》の耳のある姿になった。渡殿《わたどの》をしずしずと歩く女房《にようぼう》は、狐のあやかしの姿をしている。

庭の池のほとりで、小さな狐の子たちが遊んでいる。一匹《ぴき》の狐が跳《は》ね上がり、さっと人の子の姿をとった。笹丸だった。夏らしい浅黄色の水干を着た童子姿になっている。それを見ていた子狐たちが、次々に女《め》の童《わらわ》や童子に姿を変える。

行親は簀子縁《すのこえん》に出て、その様子を眺《なが》めた。白い狐の耳、白銀の髪が淡《あわ》い青の薄衣《うすぎぬ》の背に流れている。白昼の光の中でも何ひとつ隠していない。ここでは隠す必要がないのだ。

子どもたちは行親の前でも遠慮《えんりょ》せず、無邪気《むじゃき》に遊んでいる。この邸の使用人として集まったのは、和泉が声をかけた狐のあやかしが多いが、中に子どもを連れてきた者がいるのだ。笹丸とその子らがなじむのに、時間はかからなかった。

今まで行親と和泉しか知らなかった笹丸は、新しくできたともだちに夢中になった。前ほど行親にまとわりつかなくなったが、さびしいと思うより、はしゃぐ笹丸を見ている喜びの方が大きい。

「楽しそうだな」

御簾《みす》の向こうから、星見の宮が現れた。午睡《ひるね》から覚めたばかりで、髪も衣《ころも》も乱れたまま、美しいがしどけない姿だ。行親は微笑んで、宮の髪を整えた。

「笹丸に、いいともだちができました」

「子狐がじゃれまわるのは可愛《かわい》いもんだ」

あやかしたちに囲まれて、人間は宮ひとりだが、彼は楽しげに過ごしている。

「お目覚ましに、削《けず》り氷《ひ》をお持ちしました」

和泉が狐の女房たちとともに現れた。和泉も今は狐の姿を取っており、白い長い髪に白い耳の彼女が銀の器《うつわ》の氷を捧《ささ》げ持つと、それだけで涼《すず》しげに見えた。削り氷にはあまづらという植物を煮詰《につ》めた蜜《みつ》がかかり、夏の午後にはぴったりの食べ物だった。

宮も珍《めずら》しそうに銀の器を手に取った。

「ほう、これは宮中の氷室《ひむろ》のものか？」

「いえ、富士《ふじ》の山の洞窟《どうくつ》から、式神に運ばせたものでございます」

式神にかかれば、富士の麓《ふもと》からの氷も一瞬《いっしゅん》で届けられるのだ。

「子どもたちの分はあるのかい？」

行親が尋《たず》ねると、「子どもの分ももちろんございますので、溶《と》けないうちにお召《め》し上がりください」と和泉は笑って答えた。

和泉はこの邸に来てから、よく笑うようになった。物言いも、前ほど厳しくない。ひとり気を張る必要がなくなったからだろうか。そんな彼女の姿を見られるのも、行親の喜びだった。

行親は宮と一緒《いっしょ》に、銀の匙《さじ》を取り上げた。

「うわあ、冷たい」

口の中にしみいる冷たさに、思わず声を上げた。ひんやりとした甘みが喉《のど》を滑《すべ》り落ち、一気に体が涼しくなった。

「白狐のお前が氷を食べていると、見ているだけで涼しそうだな」

宮が、行親が和泉を見て思ったのと、同じことを言った。

怪我《けが》が癒《い》えてから、初めて陰陽寮《おんようりょう》へ出仕する日だった。行親は宮の前で呪を唱え、久しぶりに黒髪《くろかみ》の髻《もとどり》に冠《かん》を付け、堅苦《かたくる》しいまでに整った姿になった。宮が珍しそうに見ている。

「こうやって見ると、確かにゆうづつは行親だったのだな。同じ顔なのに、なぜ俺は気が付かなかったのだろう」

自分のうかつさを宮は笑った。大きな手が、そっと行親の背の傷に触《ふ》れた。

「傷の具合はどうだ？」

「はい、もう大丈夫《だいじょうぶ》です」

ふたりは夜は一緒に御帳台《みちょうだい》で休んでいる。しかし行親が鬼《おに》の騒動《そうどう》で怪我を負って以来、宮は行親を抱いていない。夜ごと行親の体に腕《うで》を回し、胸に抱きしめ、口づけてはいるのだが、体が癒えていないと思うのか、それ以上は触れてこない。

身支度《みじたく》をする宮の姿を横目で見ながら、行親の心にはひそかな不安がある。

宮はゆうづつと行親、どちらを愛してくれているのだろう？　どちらも同じ自分なのに、行親の中では、宮の扱《あつか》いに差を感じるのだ。

ゆうづつには、いつも甘く優《やさ》しかった宮だった。陰陽師《おんみょうじ》の姿の行親に対しては、議論の場でやり合っては強い態度に出ていた。今の行親の姿は宮の目にはどう映っているのだろうか。

——行親でいるのがいいのか、ゆうづつでいた方がいいのか、宮の御心が知りたい。

久しぶりに内裏《だいり》へ出仕する行親は、陰陽寮での仕事を思って緊張《きんちょう》していたが、宮はそんな行親の姿に軽口を叩《たた》く。

「いかにも仕事熱心な陰陽師に化けているな」

陰陽師安倍行親には、どうも宮は優しくしてくれないようだ。

「仕事熱心はほんとうのことです」

行親は宮を軽く睨《にら》んだ。

「陰陽師の姿では、せっかくのお前の髪も、固い髻になってしまって無粋《ぶすい》なものだ。お前の髪が風になびくところが見たいのに」

雅《みやび》を解さないと言われる宮に、無粋と決めつけられ、行親はむっとした顔をしてみせる。

――やはり宮はゆうづつの姿の方がお好きなのか。

小さく心にひっかかる。しかしそれ以上は何も言わず、行親は陰陽寮に出仕した。

陰陽寮では久しぶりに賀茂康成の顔を見て、行親はほっとした。康成は大喜びで、行親が休んでいた間に起きた出来事を話してくれた。

陰陽寮は様変わりしていた。陰陽頭《おんようのかみ》の賀茂道経は退任し、父吉行が陰陽頭の位に就《つ》いたのだった。天文博士や暦《れき》博士も替わるらしい。

行親は陰陽頭としての父に挨拶《あいさつ》をした。

「本日より陰陽寮に復帰いたします」

「誠心誠意、勤めるがよい」

行親は深く首肯《しゅこう》した。陰陽頭になって、さらに威厳《いげん》が増した父に、余計な言葉をかけることもためらわれて、静かに下がろうとした。

「待て」

行親は立ち止まった。

「元気にしておるのだな、ふたりともに」

振《ふ》り返って、父に微笑《ほほえ》みかけた。

「はい。大丈夫です」

「ならよい」と素っ気なく言って、父は顔を背《そむ》けた。しかしその一瞬、行親の心の中に温かいものが溢《あふ》れた。


行親は陰陽寮から、牛車《ぎっしゃ》で一条の邸《やしき》に戻《もど》った。網代車《あじろ》も堂々とした黒牛も宮が誂《あつら》えてくれ、最高級のものだ。若く力のある牛が牽《ひ》く牛車は乗り心地《ごこち》がよく、出仕もずいぶんと快適だった。

牛のそばについている牛飼童《うしかいわらわ》は、邸に入るとほっとしたように、狸《たぬき》の耳を出した。気持ちよさそうに太い狸の尾《お》を振りながら、邸の中で車を付ける車宿《くるまやどり》へ向かう。

邸の車宿のところで、宮が迎《むか》えてくれた。宮の指貫《さしぬき》の裾《すそ》あたりに、笹丸と一緒に、数匹《すうひき》の子《こ》狐《ぎつね》たちがまとわりついている。

「これ、下がりなさい」と和泉は払《はら》おうとするが、宮は「そのままにしておけ」と笑《え》みを浮《う》かべた。宮は意外なほど子狐たちになつかれている。

「楽しかったようだな」

行親を見るなり、宮は声をかける。

「陰陽寮はやはり楽しいです」

康成や仲間に、今後の陰陽のことや暦《こよみ》のことを夢中で話した。行親と思いを同じくして、宿《すく》曜《よう》のことを学んでみたいと言ってくれる者もいたのだ。

陰陽寮から帰ったままの姿で、行親は宮と話し込んでいた。しばらくして、出仕したそのままの姿の自分に気が付いた。着替《きが》えるため、印を結び呪《しゅ》を唱えて姿を戻そうとした。すると、宮が印を結ぼうとする指先を握《にぎ》った。

「何をされま――」

驚《おどろ》いて上げた声も、唇《くちびる》を塞《ふさ》がれて途切《とぎ》れてしまった。衣冠《いかん》姿という堅苦しい恰好《かっこう》のまま、宮に抱《だ》きしめられる。行親は息もつけず、苦しげな声を上げた。

「ふう、んん」

いつもより強引《ごういん》に舌が入ってくる。行親を屈服《くっぷく》させようと、宮は熱い舌で侵入《しんにゅう》してきた。行親の口をこじ開け口中を舐《な》め、息を奪《うば》う。唇を必死に離《はな》し、行親は声を上げた。

「お、お待ちください」

姿を戻そうとしているところだった。呪を唱えようとする。

「そのままがいい」

宮は傲然《ごうぜん》と言う。「え？」と首をかしげる行親をぐっと抱きしめ、耳元でささやく。

「その堅苦しい衣冠のままのお前を抱きたい」

行親の頬《ほお》に血が上る。

「なぜ？」

「陰陽師の姿のお前が乱れるところが見たいからだ」

しゅ、趣味《しゅみ》の悪い……行親は宮を睨んだが、宮は笑みを浮かべている。

「この糊《のり》のきいた装束《しょうぞく》が、揉《も》みしだかれて柔《やわ》らかくなるくらいにな」

「装束は自分で脱《ぬ》ぎます！」

行親が叫《さけ》んだ。

「待て。俺が脱がしてやる」

不敵な微笑みの宮が、行親を押さえ込む。

「ああっ、お、お待ちくださいっ！」

行親の抵抗《ていこう》もむなしく、宮の手が紐《ひも》に掛《か》かり、するするとほどいてしまう。あっという間に指貫を脱がされてしまった。自分の白い脚《あし》があらわになり、行親はかっと体が熱くなった。

「ど、どうして今日はこんなことを……」

「俺はゆうづつでも行親でもいいのだが、いつもお前は床《とこ》の中では、ゆうづつになってしまうではないか」

宮は上の衣《ころも》も取り去ってしまう。肌《はだ》に触れる衣一枚になってしまった行親の胸元《むなもと》に、手を差し込んだ。宮の手が胸を探《さぐ》り、小さな尖《とが》りに触れてくる。

「安倍行親を抱きたいのだ。いやか？」

敏感《びんかん》な部分をいじられ、そこがつんと尖ってくるのを感じる。感じるのはそこだけでなく、自分自身がじわじわと熱く固くなってきた。

——行親を抱きたいと言ってくださった。

行親の心にも、じわりと熱が広がっていく。宮が愛してくれるのは、ゆうづつか行親のどちらなのか。ほんとうの自分は、どちらなのだろうと悩《なや》んでいたことが、急に馬鹿《ばか》馬鹿しく思えてきた。

「行親でも良いのですか？」

「俺にとっては、どちらも同じだが？」

「宮は陰陽師《おんみょうじ》の行親の姿は、お嫌《きら》いなのかと思ってました」

それを聞いた宮は、仕置きをするかのように尖りを鋭《するど》く指で摘《つ》まんだ。行親は声を上げる。

「あぁっ」

「なぜ、そんなことを言う」

「だって、陰陽師の姿のとき、私のことをよく、怖《こわ》い顔で、あっ」

「怖い顔で俺を睨んでいたのは、お前の方だろう」

宮は唇を寄せて、尖りをついばんだ。甘く歯を立てられると、体の最奥《さいおう》が疼《うず》く。

「ふあっ、そ、そこは」

舌で強く吸われ、もう片方は指でいじられると、それだけで達してしまいそうだ。

「まだ早い」

唇を離した宮は、行親の脚を開いた。もうすでに育ちきった若茎《わかぐき》があらわになる。先端《せんたん》部分が濡《ぬ》れて光った自分自身から、行親は目を逸《そ》らそうとしたが、宮の顔が近づくのを見て悲鳴を上げた。

「あっ、それは、だめっ」

宮の指が、茎《くき》の先を優しく撫《な》でさすり、唇が近づいた。行親は止めようと声を上げた。そんなことをされたら、自分は！

「宮が、そ、そんなことを」

ちらりと目を上げて宮が微笑んだように見えた。熱い口中に含《ふく》まれると、快感に灼《や》けて溶《と》けそうになる。唇でしごかれると、体がびくびくと跳《は》ねてしまう。

このままでは宮の口の中に放ってしまう。行親は宮から逃《のが》れようと身をよじったが、宮の腕《うで》に強く腰《こし》をつかまれて逃れられない。

昂《たかぶ》りの極《きわ》みまで追い詰《つ》められ、言葉の出ない獣《けもの》になってしまったかのように、行親は叫んだ。

「い、いあぁっ、あっうっ」

激しい快感に意識がふわっと飛ぶ。その瞬間《しゅんかん》、熱いしぶきをすべて宮に受け止められてしまった。全身が真っ赤になりそうなくらい羞恥《しゅうち》に染まった行親に、宮が唇を拭《ぬぐ》いながら笑みを浮かべた。その様子がなんとも艶《なまめ》かしかった。

「ゆうづつ、いや、行親だ」

行親ははっとした。いつの間にか白銀の髪《かみ》が肩《かた》や胸に落ちかかっている。達してしまった一瞬のうちに、狐《きつね》の耳と尾のある姿になったのだ。脚の間にある尻尾《しっぽ》を、宮が優《やさ》しく手にして弄《もてあそ》ぶ。

「感極まると、狐の姿に戻ってしまうのだな」

――そうだ、それがずっと怖かったのだ。

いつでもどこでも、行親は我《われ》を忘れないようにと、ぎりぎりと気を張っていた。しかし宮の前では、そんな必要はないのだ。

「陰陽師の姿のまま、可愛《かわい》がってやろうと思っていたが、それは無理らしい」

宮が男らしい顔に微笑《ほほえ》みを浮かべ、ぐったりと放心していた行親の脚をゆっくりと開く。

「背の傷は痛まぬか？」

行親はこくりとうなずいた。宮が蛤《はまぐり》を取り出して開き、油薬を指につける。滑《なめ》らかなものを塗《ぬ》り込める指が、行親の秘《ひ》められた部分をそっと押し開く。

「痛くないか？」

指が入る感触《かんしょく》に思わず息を詰めた行親に、宮が優しく訊《き》く。

もう宮と何度か重ねた行為《こうい》だが、初めてのように行親は体を硬《かた》くした。緊張《きんちょう》するくせに、胸がどきどきと鳴るほどうれしい。

指は蕾《つぼみ》を開き、数が増えていく。奥へ進むと不思議な感触に、全身の毛がざわりと逆立つ。ぐっと指を押し込められ、深い部分に触《ふ》れられると、行親は高い声を上げた。

「っあっ、そこ、あっ」

感じる行親を見て、宮が目を細める。

「やはりここが一番良いだろう。俺の指をぐっと締《し》め付けてきたぞ」

指が抜《ぬ》かれ、灼けた剣《けん》のように固いものが押し当てられた。その固さ熱さを、行親の全身も熱く燃えて喜び受け入れる。

「行親、お前だけが欲しいのだ」

行親は夢中でうなずいた。宮がゆっくりと体を進めてくる。行親自身とは比べものにならないほど大きく固いものに貫《つらぬ》かれ、行親は宮から逃れられない。そして逃れる気もない。

「お前のここが熱くて柔らかい。気持ちよくてこの上ない」

感じる部分のすべてを宮に知られている。何もかもさらけ出し、宮を受け入れる。その幸福に行親は酔《よ》いしれた。

「この奥が良いのだろう」

いったんすべてを収めた後、宮は動きを止め、耳元でささやいた。

「もう、かりそめの縁《えにし》などと言わせぬぞ。お前は俺の生涯《しょうがい》の妻なのだ」

行親は胸がいっぱいになり、宮の首をきつく抱《だ》いた。体に深く宮を受け止めて、苦しいほどの快感に喘《あえ》ぎながら。

「わ、私も、宮を」

息を継《つ》ぎながら、行親も誓《ちか》った。

「生涯の夫といたします」

その言葉に満足そうな笑顔《えがお》になり、宮は勢いをつけて動き出した。

「ああ、お前の中は、俺のことが好きすぎて放してくれないようだ。ぎゅっと締め付ける」

宮の声が掠《かす》れながらも笑いを含む。

「わ、私だって、す、好きなのに」

行親は、自分と体の中が違《ちが》うもののように言われるので抗議《こうぎ》した。

「そうだな。どっちもお前自身だ。ゆきちかとゆうづつが同じであるように」

言いながらも緩急《かんきゅう》をつけて動き、最奥の感じる部分をえぐるように突《つ》く。行親はまた極まりが近づくのを感じた。宮の背に強く腕を回し、いっそう奥へ迎《むか》えようとする。

「あぁっ、み、みや」

「俺とふたりきりのときは、北斗と呼んでくれ」

激しい抽送《ちゅうそう》に、息も絶え絶えになりながら、行親はうなずいた。

「ほ、く、と」

「そうだ、ゆうづつ、愛してる」

「私も」

その刹那《せつな》、宮が体を強《こわ》ばらせ、熱いものが体内に弾《はじ》け飛んだのを行親は感じた。

お互《たが》いの名を呼び交《か》わしながら極まった一瞬は、永遠のように深く長く感じられた。


体が離《はな》れた後、全身が痺《しび》れたようになって動けない行親を、宮が端近《はしぢか》なところまで抱いて連れてきた。

その夜は七夕《たなばた》だった。牽牛織女《けんぎゅうしょくじょ》の伝説では、天の川に隔《へだ》てられたふたりの間に鵲《かささぎ》の橋がかかり、年に一度の逢瀬《おうせ》を持つことができるのだという。

行親は宮とともに簀子縁《すのこえん》に座り、星を眺《なが》めた。

「年に一度しか会えないというのは、伝説としても切ない話です」

行親の言葉に、宮はうなずいた。

「お前に年に一度しか会えないのであれば、俺は気がおかしくなりそうだ」

「私もです」

空にはうっすらと白く煙《けむ》るような天の川がかかり、その両岸にふたつの星がきらめいている。

「お酒をお持ちいたしました」

澄《す》ました顔の童子姿の笹丸が、酒の瓶子《へいし》を捧《ささ》げもってきた。

「笹丸はまだ起きていたのか？」

行親がつい咎《とが》めるような目を向けると、笹丸は可愛らしくふくれた。

「七夕なので夜遅《よるおそ》くまで星を見ても良いと、宮様がおっしゃってました」

「……今宵《こよい》くらいは、夜更《よふ》かしでも良いではないか」

以前は何ごとかあると行親のところへ来ていた笹丸だが、今はすぐに宮のところに駆《か》け込んでしまう。宮は笹丸が可愛くて仕方ない様子で、ずいぶんと彼に甘い。

「じゃあ、ここで星を一緒《いっしょ》に見て、その後はもう寝《ね》なさい」

「はあい」

まだ頬《ほお》を膨《ふく》らませながら、笹丸は行親の横にちょこんと座る。宮に索餅《さくべい》という七夕の菓子《かし》をもらい、とたんににこにこと機嫌《きげん》が直った。

「あれが牽牛星だ。牛飼いなのだ。織女星は織姫《おりひめ》。天の川の反対側にいる」

行親の指さした先を、笹丸は夢中で見つめていた。

「織姫は何を織ってるのですか？」

「牽牛のための着物だよ」

つぶらな黒い瞳《ひとみ》が星を映しているのを、行親は美しいと思って見つめた。

「親子のようだな」

ふたりが並んでいるところを見て、宮が微笑む。

「美しいものは似て見えるというが、美しい狐のあやかしの親子に見える」

星を眺めながら杯《さかずき》をやりとりしていると、いつの間にか笹丸がうつらうつらしている。行親は式神を呼んで、笹丸を寝床《ねどこ》へ連れて行かせた。

星の位置は夜が更けるにつれ動いていくが、北辰《ほくしん》が輝《かがや》くところは常に変わらない。行親は宮の胸にもたれかかりながら、北辰の近くを巡《めぐ》る北斗七星《ほくとしちせい》を眺めた。いつでもどこにいても、すぐ目が行くのは、この北斗七星だ。

「私はいつも北斗七星のかたちに歩いているのです」

「反閇《へんばい》だな」

「北斗七星のそばには星があとふたつ。弼星《ひっせい》と輔星《ほせい》。それで九星反閇」

「北斗七星が俺で、その星はお前と笹丸か？」

「そうかもしれません」

「こうしてお前と、ずっと星見をしていたいな」

「私もです」

行親は陰陽寮《おんようりょう》で、天文博士に任ぜられることになった。天文の部門に勤めるとなると、陰陽のわざ以外にも、天文観測など、新しくやるべきことがたくさんある。陰陽師である行親は陰陽博士になるのではと言われていたが、帝《みかど》のはからいがあったようだ。

今後は宿曜師《すくようし》と暦《こよみ》の話をするのも、行親自身が進めていくことができるのだ。

「本日はひさびさに、主上《おかみ》にお目にかかりました」

「兄上はお前に会って、喜んでおられただろう」

行親はうなずいた。行親の怪我《けが》が治り出仕した姿を見て、帝は喜んでくださったようだ。

御簾《みす》の外にいたので、帝がどんな表情かは分からなかった。そして、もう帝は自分を御簾のうちには入れないのだと気が付いた。それは少しさびしい気もしたが、ほっとすることでもあった。

「帝は以前ほど禊祓《みそぎはらえ》をせずとも、お健《すこ》やかにお過ごしのようです」

帝は行親がいなくても、前のように切羽詰《せっぱつ》まってはおられない。行親にすがらずとも大丈夫《だいじょうぶ》なのだ。帝の心を強くしたのは何だろうと、行親は不思議に思っていた。

「帝は俺が破邪《はじゃ》の剣《けん》を持って、帝をお守りすることをお許しくださった」

「それは……とてもよかった」

行親はほっとしてつぶやいた。帝にとって、破邪の剣とともに、この強い力をそばに置くことがどれほど頼《たよ》りになるか。

「それで破邪の剣を常に身の回りに置かれているのですね」

行親もかの剣を、宮が常に携《たずさ》えていることに気が付いていた。

「そうだ。あれは宝物蔵《ぐら》に秘蔵しておくより、帝の身近の守りにしておく方がよい」

「私もそう思います」

「それに帝は、近頃《ちかごろ》は俺と碁《ご》を打つようになったのだ。幼い頃《ころ》、父である先の帝がいらしたとき以来のことだ」

行親は宮の顔を見上げた。星明かりを受け静かな微笑《びしょう》をたたえた顔は、いつも以上に秀麗《しゅうれい》だった。

「碁を打っていると、お互いいろんな話ができる」

「主上が……」

「打ちながら、これまでの昔話だけでなく、国のことや、天文の話や暦の話もしてみる」

行親は心の中がじんわりと温かくなった。兄弟が再び絆《きずな》を深めれば、自分が心配するようなことは何もないだろう。

「うれしいです。主上と宮が、仲良く碁を打っておられるのは」

「帝は今でも、少し俺に嫉妬《しっと》しておられるけれどな。これまでも時折、安倍行親はどうしている、と訊《き》かれたぞ」

「なんと答えられたのですか？」

少しどきりとしながら問うてみる。

「掌中《しょうちゅう》の珠《たま》のように、大切にかしずいていると答えたぞ。すっかり尻《しり》に敷《し》かれているとな」

「な、そんな、ことは、ないでしょう！」

思わず行親は顔を真っ赤にした。

「正確には尻尾《しっぽ》に敷かれているだがな」

宮はごろりと横になって、行親の衣《ころも》の下から覗《のぞ》く真っ白なふさふさの尻尾を手にした。

「ほら」

自分の顔の上にふっさりと尻尾を乗せ、顔を隠《かく》した。

「そ、それは敷かれてるとは言わないでしょう！」

「いつもこうして、お前に怒《おこ》られてばかりいるのだ。こういうのを尻に敷かれているという」

宮は尻尾の陰《かげ》から顔を出し、いたずらっぽい笑《え》みを浮《う》かべた。こんなときは、まるで笹丸と同じ童子のような表情を見せる。

「俺の大事な狐《きつね》の妻の尻尾に敷かれるのなら、日々楽しいというものだ」

「……」

「これからも俺を、心の底からたぶらかしてくれ」

行親は眉《まゆ》をひそめながらも、笑い出した。横たわる宮が見つめる夜空に、鮮《あざ》やかな天の川が落ちかかるのが見える。空いっぱいに振《ふ》りまかれた銀のかけらのような星々が美しい。

行親もそっと宮の横に身を横たえる。宮の腕《うで》が行親を抱《だ》き、もう片方の手が空を指す。

「ほら、星が流れた」

すっと空を横切り、銀の光が落ちていった。

初めて会ったときから、この人はずっと星を見ていた。なつかしい光景が行親の胸に蘇《よみがえ》る。

誰《だれ》よりも愛《いと》おしい人の腕の中で、行親も同じように星を見る。

「今宵は星に愛を誓《ちか》おう。七夕の夜に。比翼《ひよく》の鳥、連理の枝のように離《はな》れがたく結びつき、星の光がずっと変わらないように」

宮の言葉が優《やさ》しく耳をくすぐる。腕の中で行親はうなずいた。

「はい、宮様」

「北斗だ。俺の大事な名で呼んでくれ」

いまだに宮のことをそう呼ぶのは恐《おそ》れ多い気がする。しかし行親はそっと呼び掛《か》けた。

「北斗」

「ゆうづつ、それで良いのだ」

星見の宮は満足そうな笑みを浮かべ、行親をさらに抱き寄せた。

あとがき

こんにちは。魚形青《うおがたあお》と申します。このたびは拙著《せっちょ》をお手にとっていただき、誠《まこと》にありがとうございます。おかげさまで新しいお話を刊行することができました。

今回は平安の都を舞台《ぶたい》に、いつか書いてみたいと思っていた陰陽師《おんみょうじ》を主人公にして執筆《しっぴつ》する機会をいただき、わくわくしながら取り組みました。

京都に行きたくてもなかなか行けないのですが、京都の建物や景色の写真を眺《なが》めながら、星見の宮と行親、ふわふわ子狐《こぎつね》笹丸や和泉、さまざまなあやかしたちが住む邸《やしき》を想像するのはとても楽しかったです。

作中に出てくる安倍家の高名な先祖というのは、日本で最も有名な陰陽師である安倍晴明《あべのせいめい》を想定しています。安倍晴明にまつわる伝説には、彼の母が狐《きつね》であるというものがあります。

晴明の母の狐は人と結ばれるのですが、正体が明かされてしまい、子どもの晴明を置いて森へ帰ってしまいます。伝説では哀《かな》しいかりそめの縁《えにし》で終わってしまうので、このお話の中では狐の妻の行親が幸せいっぱいに暮らせるようにしました。

つんけんした陰陽師にして、ふんわりと可愛《かわい》い狐のあやかしである行親と、天文や暦《こよみ》のことに夢中な星見の宮のふたりは、一緒《いっしょ》に暮らすようになれば夜ごとに星を観察し、暦について意見を交《か》わし合っているでしょう。

平安時代はひとつの物事に熱中するのを恥《は》ずかしいとするようですが、彼らは変人と言われてもお構いなく没頭《ぼっとう》し、陰陽寮《おんようりょう》の天文や暦部門をそのまま持ち込んだような家庭生活を過ごしていると思います。

雅《みやび》で麗《うるわ》しいイラストを担当していただきました六芦《りくろ》かえで先生、大変ありがとうございました。平安の雰囲気《ふんいき》あふれる美しく素敵《すてき》なふたりを見ているだけで、とても幸せな気持ちになれます。

いつも的確なアドバイスをくださる編集担当様、今回も本当にお世話になりました。自分の書くものの方向がこれでいいのかと迷うとき、いつも行く手を照らす道しるべになっていただき、感謝しております。

そして、この本をお手にとってくださり、最後までお読みいただいた読者の皆様《みなさま》に、心からお礼申し上げます。この作品を書いている間に世界的な感染症《かんせんしょう》が収まるかと期待していたのですが、あとがきを書いている今もまだ終わっていません。心の落ち着かない日々が続きますが、この本を読んで、少しでも楽しんでいただけたらと思っております。

二〇二二年一月　　　　魚形青

星見《ほしみ》の皇子《みこ》とかりそめの狐妻《きつねづま》
魚形《うおがた》青《あお》

角川ルビー文庫　23080

2022年3月1日　初版発行

発行者――青柳昌行
発　行――株式会社KADOKAWA
〒102-8177　東京都千代田区富士見2-13-3
電話 0570-002-301（ナビダイヤル）
印刷所――株式会社暁印刷
製本所――本間製本株式会社
装幀者――鈴木洋介

ISBN978-4-04-112395-9　C0193　定価はカバーに表示してあります。

◇◇◇

KADOKAWA RUBY BUNKO

R

角川ルビー文庫

いつも「ルビー文庫」を
ご愛読いただきありがとうございます。
今回の作品はいかがでしたか?
ぜひ、ご感想をお寄せください。

〈ファンレターのあて先〉

〒102-8177 東京都千代田区富士見 2-13-3
株式会社KADOKAWA
ルビー文庫編集部気付
「魚形 青先生」係

竜人皇帝の
溺愛花嫁
恋を知らない竜人皇帝×
希少種の孤独な青年
湘さまを救いたい。だから、
オレの命を捧げます――。
Novel
市川紗弓
イラスト／古澤エノ
身寄りのない病弱な子供の治療費の為、
蒼霖は希少な「鱗」を生み出せる
力を使って密売に関わり、
取り締まりに突入した警吏に助けられる。
彼は身分を隠した若き皇帝で、
蒼霖を匿うため後宮で働くよう
提案してきて…？

ルビー文庫